龚学敏 主编

不忘初心

——喜迎党的十九大胜利召开全国诗歌征文作品选

图书在版编目（CIP）数据

不忘初心：喜迎党的十九大胜利召开全国诗歌征文作品选/龚学敏主编.--成都：成都时代出版社，2017.9
　　ISBN 978-7-5464-1941-1

Ⅰ.①不… Ⅱ.①龚… Ⅲ.①诗集－中国－当代
Ⅳ.①I227

中国版本图书馆CIP数据核字（2017）第237870号

不忘初心：喜迎党的十九大胜利召开全国诗歌征文作品选
BUWANG CHUXIN XIYING DANG DE SHIJIUDA SHENGLI ZHAOKAI QUANGUO SHIGE ZHENGWEN ZUOPINXUAN

龚学敏　主编

出 品 人	石碧川
责任编辑	李卫平
责任校对	李　佳
装帧设计	修远文化
责任印制	干燕飞

出版发行	成都时代出版社
电　　话	（028）86742352（编辑部）
	（028）86615250（发行部）
网　　址	www.chengdusd.com
印　　刷	四川和乐印务有限责任公司
规　　格	185mm×260mm
印　　张	19.75
字　　数	300千
版　　次	2017年9月第1版
印　　次	2017年9月第1次印刷
印　　数	6000
书　　号	ISBN 978-7-5464-1941-1
定　　价	58.00元

著作权所有·违者必究
本书若出现印装质量问题，请与工厂联系。电话：（028）87465900

编委会

主 任：阿 来 侯志明

副主任：张 颖 张渌波 龚学敏

编 委：阿 来 侯志明 张 颖

　　　　张渌波 龚学敏 李自国

　　　　杨献平

溢出心灵的歌

四川省作家协会党组书记、常务副主席 侯志明

习近平总书记在《在庆祝中国共产党成立95周年大会上的讲话》中语重心长、满怀忧患而又信心坚定、充满期望地说:"我们党已经走过了95年的历程,但我们要永远保持建党时中国共产党人的奋斗精神,永远保持对人民的赤子之心。一切向前走,都不能忘记走过的路;走得再远、走到再光辉的未来,也不能忘记走过的过去,不能忘记为什么出发。面向未来,面对挑战,全党同志一定要不忘初心、继续前进。"

从2012年到现在,五年时间,五年砥砺奋进的历程和所取得的成就,是我们党时刻保持清醒头脑、坚定信心和理想,进而"不忘初心"的表现。四川省作家协会在省委的直接领导下,同全党全国人民一样深受鼓舞,组织全省作家、诗人认真学习习总书记关于党的文艺工作的一系列指示精神要求,以饱满的热情努力推动本省文学创作的发展,注重培养新人,分批组织了小说、诗歌、散文、戏剧和文学批评培训班。全省文学创作梯次结构日趋合理,文学门类发展趋于均衡。以阿来为代表的作家、诗人持续推出新作品,在体现探索性、创新性的同时,注重现实主义和时代精神,弘扬主旋律,在现实

主义创作上，又有了新的收获和突破，在国内外产生了一定影响，多人多次获得国内重要的文学奖项。

习近平总书记指出："文艺事业是党和人民的重要事业，文艺战线是党和人民的重要战线。""文艺是时代前进的号角，最能代表一个时代的风貌，最能引领一个时代的风气。"为进一步发挥文学的人民性，艺术的群众性，"合为时而歌"，7月初，四川省作协有关部门联合成都人民广播电台FM88.2，开展了"诗写砥砺奋进的五年，迎接党的十九大胜利召开"主题诗歌征集活动，截止9月10日，我们通过《星星》诗刊APP、专用信箱等方式，征集到了5682首歌颂党的丰功伟绩、砥砺奋进的五年，以及弘扬革命传统和我党我军优良传统的诗歌作品。

这些诗歌作品，立意高远、紧贴时代、突出人民性，具有很强的艺术性。广大诗人从不同层面、运用不同艺术手法和方式，或深情、简约，或内敛、有力，或激情澎湃，或优雅深沉，体现了广大诗人，尤其是新时期中国诗人，始终与时代同行，与人民同心，热爱党和祖国的赤诚和高尚境界。在此基础上，我们组织有关专家和著名诗人，从中精心选出了120余首佳作，汇集成为《不忘初心——喜迎党的十九大胜利召开全国诗歌征文作品选》一书。

这本诗集，汇集了包括鲁迅文学奖诗歌奖获得者在内的106位诗人的佳作，其中大多数为活跃在当代诗坛的优秀诗人，他们的这些作品，也从很大层面上体现了当代新诗的艺术水准与整体面貌。概括说，《不忘初心——喜迎党的十九大胜利召开全国诗歌征文作品选》一书，具备以下三个方面的优点：一是唯一性，据我们调查，在全国范围内，还没有哪个省份如此做过；二是广泛性，这本诗集当中的作者，几乎涵盖了当代中国诗坛大部分优秀汉语诗人；三是创新性，这本诗集中的多数诗歌作品体现了诗人对现实题材诗歌创作的创新意识。

由此，我们可以说，《不忘初心——喜迎党的十九大胜利召开全国诗歌征文作品选》一书，堪称当代新诗创作当中主旋律主题艺术水准高、收录全的一本书。这本诗集当中的作品，在很大层面上体现了当代诗人在诗歌创作上的高度自觉性，也体现了诗人们投身伟大时代，书写历史华章的丹心和雄心。

对于我们党的文艺工作，习近平总书记深刻指出："优秀文艺作品反映着一个国家、一个民族的文化创造能力和水平。吸引、引导、启迪人们必须有好的作品，推动中华文化走出去也必须有好的作品。所以，我们必须把创作生产优秀作品作为文艺工作的中心环节，努力创作生产更多传播当代中国价值观念，体现中华文化精神，反映中国人审美追求，思想性、艺术性、观赏性有机统一的优秀作品，形成'龙文百斛鼎，笔力可独扛'之势。" 我们之所以下大力，精心组织出版这本诗集，就是想要传播时代精神与中国文化精神，就是要落实习总书记关于文艺创作的一系列重要指示要求。

值党的十九大召开之际，我们愿以此溢出心灵的真诚诗颂，向党的十九大献上一份薄礼，祝福我们伟大的中国共产党，祝福我们伟大的中华人民共和国。

当然，任何事物都不可能尽善尽美，因为是第一次，这本诗集当中，也存在一些不完善之处，恳请各位领导、老师和读者朋友们多加批评指正。

二〇一七年九月二十日

目 录

01 / 旗　帜·谢克强（湖北）
15 / 中国大地上的红色基因（组诗）·叶延滨（北京）
20 / 敬　礼（组诗）·商　震（北京）
26 / 赐我值得一过的人生·曹宇翔（北京）
29 / 每个人都是一个祖国（外一首）·刘立云（北京）
33 / 和平的上午（外一首）·姜念光（北京）
36 / 大　淀·简　明（河北）
47 / 写在安顺场（外一首）·曹纪祖（四川）
50 / 开国大典·李自国（四川）
54 / 枪杆子传奇·高　凯（甘肃）
63 / 望着朱德元帅的眼睛·王久辛（陕西）
65 / 刘伯承纪念馆·王明凯（重庆）
67 / 我们家的祖国（二首）·杨献平（四川）
70 / 中原的麦地·王猛仁（河南）
71 / 他　们·刘红立（四川）
73 / 中国蓝（外一首）·谢宜兴（福建）
76 / 说与祖国（二首）·包　苞（甘肃）
79 / 高铁，让遥远近在咫尺·周世通（四川）
80 / 三沙的神经触及存在的辽阔·王学芯（江苏）
82 / 在广安，我应该想起他·鲜　圣（四川）
83 / 中国梦，就是……·唐　力（重庆）
85 / 在六盘山上·第广龙（甘肃）
87 / 重返安顺场·黎正明（四川）
89 / 嘿，那个送快递的帅小伙·起　伦（湖南）
91 / 白马石：战友之歌·洪　烛（北京）
100 / 隐喻的太行·李　皓（辽宁）

102	/	心　祭·成　路（陕西）
110	/	种子奔跑·高鹏程（浙江）
118	/	放眼祖国，我的歌声如此嘹亮·郭　毅（四川）
120	/	重读赵一曼示儿信·石　英（北京）
122	/	井冈山的红·熊　焱（四川）
123	/	毛泽东剪影（二首）·桂兴华（上海）
125	/	回到窑洞·杨建虎（宁夏）
126	/	中国梦，西部情·鲁绪刚（陕西）
130	/	晴空下·王夫刚（山东）
131	/	西柏坡·崔国发（安徽）
132	/	诗人眼里的动词·夏海涛（山东）
135	/	献辞中国·堆　雪（新疆）
139	/	当初，我在园子里种下葵花时·史一帆（浙江）
141	/	祖国，我为您拉纤·张鲜明（河南）
146	/	信仰之旅·散　皮（山东）
147	/	今夜，我有幅员辽阔的爱·陈劲松（青海）
149	/	强渡大渡河纪念碑·赵晓梦（四川）
150	/	祖　国·印子君（四川）
152	/	动车疾驰·支　禄（新疆）
154	/	高速路上我是一位普通的员工·纪文涛（河南）
158	/	七　月·吕　历（四川）
159	/	瞻　仰·梁尔源（湖南）
160	/	祖国，我坐在你台阶上仰望星空（组诗）·任怀强（山东）
161	/	山顶上红旗飘扬·阿　华（山东）
163	/	在城市：想象一场电影和一座碑（外一章）·徐澄泉（四川）
165	/	重返丝绸之路·杨启刚（贵州）
167	/	伟大的生日·邓德舜（四川）
169	/	遵义会议·王兴伟（贵州）
170	/	大渡河，靠近史诗的路（二首）·黎　阳（四川）

172 / 灯　塔·陈广德（山东）
174 / 战　士·左　右（陕西）
175 / 长征不朽（二章）·周小平（四川）
177 / 歌声里的宣言与丰碑·方志英（四川）
179 / 纪念章·龚　璇（江苏）
181 / 天安门·邓太忠（四川）
183 / 花香红旗（二首）·左　岸（辽宁）
186 / 朱日和：在国运里枕戈待旦·周春文（四川）
188 / 我亲亲的祖国·喻　强（四川）
191 / 七千双草鞋·谢帆云（江西）
193 / 我要给中国每个人送一块铁·马　飚（辽宁）
197 / 徜徉在会议旧址·彭文斌（江西）
199 / 望乡台（外一首）·爱　松（云南）
202 / 藏地歌声（二首）·蒋志武（广东）
205 / 献歌十九大·邹冬萍（江西）
212 / 灯　塔·庞华坚（广西）
215 / 军旗飘扬·孔立文（新疆）
217 / 赞中国共产党·杨　强（甘肃）
219 / 留在汉源的红军标语·何　文（四川）
220 / 祝福你，我的中国·乐　冰（海南）
224 / 一个人的梦想·瓦　片（四川）
226 / 聆听国歌·蒲素平（河北）
229 / 寄祖国（外一首）·宋光明（四川）
233 / 长城，或者碑页·阿　垅（甘肃）
235 / 这一次他没落泪·木　汀（北京）
237 / 兵　者·蒋海将（江苏）
239 / 日记：大阅兵·林隐君（浙江）
241 / 观瞻王坪红军烈士陵园·周鹏程（重庆）
244 / 筑梦强军·丁小炜（北京）

251 / 父亲的手·薛世明（辽宁）

254 / 习仲勋旧居·贾建成（甘肃）

256 / 越武夷山（二首）·葛小明（山东）

258 / 村庄，从废墟上站起·胡雪蓉（四川）

260 / 在朱德故居前·黎大杰（四川）

261 / 共产党宣言在中国·苦　力（四川）

267 / 南湖驶来一艘红色的船·李明春（甘肃）

271 / 八角楼上的灯光·李易农（河南）

273 / 南湖的船·应　鸣（福建）

275 / 爸爸路过天安门·孙灵芝（北京）

276 / 信　仰（外一首）·刘金忠（河南）

278 / 过雪山草地·张　平（福建）

280 / 从英雄的笔画里闻见芬芳的祖国·孙大顺

283 / 一把镰刀与一把锤子的图腾·安忠国（四川）

286 / 七月赞歌·程东斌（安徽）

288 / 国　旗·关　岛（浙江）

289 / 我曾以为很爱你·胡世远（辽宁）

295 / 党旗的力量·梁生龙（四川）

298 / 在你的旗帜下·杨嘉利（四川）

300 / 祖国的列车·姜维彬（四川）

301 / 照着我的红太阳·唐国明（湖南）

303 / 三写张思德·龚学敏（四川）

旗 帜
—— 献给中国共产党第十九次全国代表大会

谢克强(湖北)

1.

一面旗帜,从世纪那头
穿行到这头
无论风从哪个方向吹来
也无论是轻抚或漫卷
它与风构成的姿势
总引我
与炊烟、河流、田野
与汽笛、灯火、高楼
一起注目仰望

是呵,只因有了这旗的招展
河流才从容欢畅地流动
田野才自由轻松地呼吸
石头才有了生命的声音
汽笛才惊醒了一派苍凉
灯火才有了灿烂的梦境
荒漠才有了故事与诗
以至,我的皮肤和毛发
也因此,镀上旗帜灼灼的光辉

不仅辉煌着我的人生
使我不再渺小
也不再孤单
只因这让血热起来的旗帜
仿佛有一种引力
在灵魂深处推波助澜
也使我深刻体会到
世上最幸福的事
莫过于聆听旗帜的絮语

2.

我的血在旗帜上停留了一会儿
再回到体内
只因为从不腐烂的是血浸的记忆
从不褪色的是血染的历史
历史和记忆告诉我
旗帜是血
然而血，不是泪的另一种形式
血是热情的渴望呵
又是力量的爆破

我们怎能忘记

风展岁月

先辈曾经怎样在泪中找血

在血中寻找旗帜

可记得

大泽乡进击黑暗的呐喊

让陈胜吴广们心潮怦然涌动

愤然揭竿而起

哪里有压迫，哪里就有反抗

李自成登高挥旗一呼

席卷风云的"闯"字旗

撕破浓云密布的天空

露出血染的晨曦

金田村头

旗帜，被一只只万劫不灭的

信念之手高高擎起，擎起

一片新的天地

武昌城头的血火里

一个人倒下了

竟有那么多的手臂举了起来

踏着血淋淋的路

冲上前去……

是的，旗帜的颜色是血
是生命原动的血
旗帜，在风里招展
其实就是血在涌动呵
因此，旗帜赋予我们以生命
旗帜更是信仰与意志
招展一种真谛与精神
注满无声的召唤
旗帜下，常常紧跟着一长串
随时准备献身的人
正因为如此
旗帜，在那烽火岁月
总是在死亡与新生的前沿
猎猎飘卷

3.

这是一九二一年的中国
天空遍是密布的乌云
地上遍是苦难的呻吟
灾难深重的中国呵

民生涂炭的中国呵
就在这样的中国
就在这样的夜的上海
就在望志路一间石库房里
就在库房的长方形桌旁
一群，指问苍茫大地
谁主沉浮的汉子
一群，发誓也要写
一首壮丽史诗的书生
秘密聚集在这里
聚集在这个沉沉暗夜里
没有谁，哪怕是警察和密探
也不能探测夜的秘密
只有苦难的黄浦江
和暗夜里的每一扇窗户
能感觉到夜空隐隐的雷声
是的，一个划时代的时刻
在太阳与月亮的期待里
终于来临
这群目光深邃的汉子
刚从一位大胡子老人那里
盗来火苗，窃来种子

他们像一群耕夫
有着比镰刀更深刻的爱
将真理与希望的种子
种在苍茫的黄土荒原上
他们更像一群铁匠
有着比铁锤更深刻的恨
锻打意志与信念
意在轻松历史的凝重
于是，他们愤然举起
开天辟地的大手
将镰刀与铁锤联在一起
将沉重与锋利组合在一起
从此，一个多灾多难的民族
因着镰刀与铁锤的组合
有了一个永恒的徽记
有了自己导航的旗帜

4.

是的，我们有了自己的旗帜
这旗帜也很简略——镰刀与铁锤

这意象的镰刀与铁锤
是那样熟悉又一目了然
只因这两件古老、经典的工具
属于诗经、楚辞、唐诗与宋词
属于日月星辰与火
当然，也属于庄稼与手
属于重量与力量
更属于锻打与创造
而这两件普通的劳动工具
这两件世代相传的劳动工具
不仅闪耀着劳动与创造的光辉
它简洁生动的构图
比哲理更为深刻
从此，不愿做奴隶的人们
这些祖祖辈辈挥着镰刀的农民
这些世世代代抡着铁锤的工人
这些被岁月抽打得血肉模糊的汉子
看见自己熟悉的镰刀、铁锤
开始重新认识镰刀、铁锤
重新认识镰刀与铁锤的结合
并在镰刀与铁锤的指引下
一群，又一群

呐喊着冲出低矮的牛棚
呼啸着爬出漆黑的矿井
用挥舞镰刀的手
用抡锤打铁的手
举起仇恨磨亮的大刀
举起情爱冶铸的长矛
呼啦啦举起雄风
举起脚步
向着黑黑森森的地狱之门
在旗帜与霞光辉映的拂晓
怀着争自由求解放的豪情
争先恐后，前仆后继
在没有路的地方
去寻找走出黑暗的路
在围剿、追击、虐杀，和
一次一次英勇不屈的反抗中
踏着硝烟穿过弹雨
扶起倒在血泊中的民族
去锻打、去铸造
掌握自己命运的钥匙

5.

当最初的号音
那富有金属光泽的声响
冲破黎明前的黑暗
风,把旗帜卷起又抖开
旗帜猎猎作响的光芒
铺展着新生亮丽的光明
于是,旗上的铁锤与镰刀
化作齿轮与麦穗
站起来的中国人
掌握了自己命运的中国人
以不可抑制的满腔热情
和热情催生的干劲
挥动铁锤,改天换地
挥动镰刀,描画江山
一时间,在季节深处
石头唱起了歌谣
星星结满了果子
河流舞起了彩虹
山峦垒起了梯田
荒漠树起了烟囱

炉火溅起了钢花
……
一个一个遥远的期冀
在旗帜猎猎的招展中
露出希望的虹霓
一个一个漫长的空白
在旗帜灿灿的阳光里
大气磅礴地抒写
这一切的一切呵
无不透出一个新生的民族
骄傲、自信和青春的蓬勃

6.

是的
我们有过抒写空白的骄傲
也有过奋然崛起的自豪
然而在探索道路之初
虽然我们有过谨慎的探索
但也有过大胆的盲目
以至在一场徒来的风雨里

迷失了征途的方向
所幸的是
一位几经风浪的老人
当他重新站起来
便以大无畏的胆略
超人的机智，审时度势
在没有路的地方
踏出一条路
不是么，他一挥手
十一届三中全会的春风
将一个播种的季节
还给劫后的中国
最是那年南方视察
他走过二万五千里长征的脚
依然铿锵有力
当他从五千年沧桑中获得灵感
随意说了一段独白
不想竟如春雷
又一次
荡起了滚滚春潮
他就是这样
用改革开放的手指

轻轻弹落旗帜上的灰尘
这曾被风雪搓揉过的旗帜
这曾被烈日暴晒过的旗帜
这曾被血汗浸濯过的旗帜
才又以猎猎舞动的爽朗笑声
透出一个阶级的自信与从容
而愈显鲜艳夺目

7.

风,展开我们的旗帜
那是我们的血涌向云端的旗帜
那旗上的镰刀、铁锤
在我们的心中至高无上
在镰刀、铁锤的旗帜下
我们这支走过雪山草地的队伍
一次次踏过了泥泞、坎坷
一次次穿过了关隘、险夷
也一次次踏着艰辛、迷惘与过失
勇敢地校正自己的航向
如今,两个百年的宏伟梦想

中华民族的伟大复兴
在当今中国，又有谁
又有谁能肩起如此重任
目标在上，目标高高在上
使命神圣，使命神圣在身
那阳光下飞舞的镰刀
那歌声里起落的铁锤
朝着先辈至死张望的方向
不断，不断探索前进
但是，前路会有人鼓噪
也有人还想围追堵截
更有我们队伍里的败类
他们种种卑劣的行径
不仅玷污我们旗帜的光辉
更极大涣散着党心、民心
就在长江黄河的期待里
就在太阳月亮的企盼中
又一群新的排头兵
在又一次出发前的盛典里
以镰刀锐利自己的锋芒
以铁锤磨砺自己的意志
又以新的姿态，精神抖擞

引领山川、河流与庄稼
引领汽笛、车轮与灯火
引领传统、风俗与爱情
引领节日、花朵与诗歌
当然，还要引领
刚刚崛起的生态新城
至今尚未脱贫的山村
总之，引领一个复兴的民族
引领一个创世纪的阶级
向着未来，向着远方的召唤
迎着朝阳
进击
进击

中国大地上的红色基因（组诗）
——行咏诗抄

叶延滨（北京）

白洋淀：荷花说

大雁南飞了
大雁北飞了
清廷的皇上走了
民国的"衙门"起了
只要淀上的芦花秋天白
只要淀上的荷花夏日开
这就是家
云雾水乡百姓家

大雁南飞了
大雁北飞了
东边小鬼子来了
西边雁翎队起了
只要淀上的芦花秋天白
只要淀上的荷花夏日开
这就是家
抗日堡垒百姓家

大雁南飞了
大雁北飞了
油田的钻井起了
送气管道进村了
只要淀上的芦花秋天白
只要淀上的荷花夏日开
这就是家
风荷绿苇百姓家

大雁南飞了
大雁北飞了
有了新名雄安了
雄安规划新区了
只要淀上的芦花秋天白
只要淀上的荷花夏日开
这就是家
小康手指百姓家

红色记忆：大巴山

听说你们来了

大巴山扯下缠在头上的白云
把天空擦得透亮湛蓝
蓝镜子里的青山绿峡真好看
哎，城里来的娃儿们可怜
没见过天蓝蓝
没见过星光闪
没见过月亮跟着人影儿走
人影儿也走得慢……

听说你们来了
大巴山春天捧出红杜鹃
秋天满山彩叶如蝶飞
飞，飞，飞得脖子也望酸
哎，城里来的娃儿们真傻
夸奖说"红色根据地风景好
风景硬是比网红还好看"
大巴山给你娃们看的是笑脸啊
笑脸上挂着红颜
那红色根据地的红啊
是大巴山永不愈合的伤口
看不见的伤口啊
在儿孙的心尖尖……

苍溪红军渡

第一个飞越这个渡口的是子弹
也许是你爷爷手上的那支枪
也许他那时还只是个少年
少年强，则中国强啊
敢放这头一枪！子弹让渡口
成为战场，仇恨比波浪更宽比山更高
在不让人讲理的时候
子弹就代替了嘴巴，老子要过河去
河的那边就是新的开始
就是明天，就是希望，就是太阳！

第一个飞越这个渡口的是梦想
就是白天咽下心头的呐喊
就是茅屋漏下的夜雨，就是泪水
就是卖身契被锁进一个铁箱的痛苦
自由在梦想中让人苏醒
醒了的痛苦就是明白自由在远方
啊，赴汤蹈火我们开始长征
征途的起点，要让梦想飞过渡口

子弹飞过了渡口
了弹永远飞不过战场,子弹会死在战场
梦想飞过了渡口
梦想比子弹飞得更远,梦想带着生命飞
红军渡,在子弹飞舞中得名
名字说这是一个战场上诞生的孩子
红军渡,在梦想中获得永生
站在这里,你发现自由的风吹拂

敬 礼（组诗）

商 震（北京）

升国旗

太阳刚露出曦光
国旗有序地升起
我们唱着国歌
风也在唱
国旗在唱
战士手中的枪也在唱

在漠河边防哨所
我们仰望最北的一面国旗
蓝天怀抱里的一团烈火
黑土地上一颗激荡的心

这是五月
映山红在盛开
它们沉淀了血色，笑盈盈地开
雪在继续融化

无论在哪里
听到国歌我们都会庄严

看到国旗
我们都自觉地敬礼
国旗下
我们都是祖国的战士

红嫂——妈妈

生养肉身的妈妈只有一个
哺育精神的妈妈有很多
一个人是这样
一个国家也是这样

六十年前
在蒙山沂水间
有一群哺育革命战士的妈妈
为新中国诞生舍弃自己一切的妈妈

她们自己的孩子饿死了
却把烈士的子女养大
她们把丈夫儿子女儿送上战场

把受伤的战士留在家里
她们的想法很简单
共产党的队伍是咱自家的人

没有什么苦难能阻断亲情
没有什么刀枪能摧毁信念

妈妈们是真心地爱共产党
才坚定地把一切奉献
她们说：与共产党打天下
俺的孩子们才有好日子

妈妈们是冬天的水
为春天准备着力量
妈妈们的面容折射着太阳的光
有不凋谢的芬芳

红嫂村的妈妈们
是共和国的一座座青山
是蓝天上一朵朵温暖的白云
是耳边不敢遗忘的叮咛

高山上的誓言

这是我心里最高的山
尽管它的海拔仅有一千一百米
太阳是一面镜子,安静地看着我们
跳荡的风已经暂停
我们四十五名党校学员
面对党旗,在山顶上
庄严地举起右拳
我们宣誓
重新宣读入党誓词
我们这群人入党的时间有早有晚
而此刻,我们都是新党员

这是五月的延安
这是在延安的宝塔山
"我志愿加入中国共产党"
"对党忠诚,积极工作"
"随时准备为党和人民牺牲一切,永不叛党"
这些誓词,刚入党时宣读过
今天,我们再坚定地喊一遍

此时，太阳悬挂在宝塔上
党旗下一幅壮阔的画面
四十五只右拳闪着金属的光
四十五张脸写着同样的庄严
阳光下，明镜里，誓言中
我不存在，我们都不存在
只有铿锵的誓言像雄鹰
在宝塔山上空回旋

低下头，我还是能看到自己的影子
影子是凉的、虚的
影子不随我宣读誓言
站直了
我们只有站直在阳光下
影子才会羞怯地逃窜

我们站在宝塔山上张望
看凤凰岭，看洛川
看杨家岭，看枣园
看王家坪，看南泥湾
明明是往下看
可心里依然觉得是仰望
不由自主地又举起宣誓的右拳

这些真理走过的地方啊
就是验证过誓言的地方

哦，真理与誓言能够重合
人生才不会陷进泥潭
誓言不是童话
不会长出炫彩的翅膀
誓言是自己的DNA
要用血和生命来捍卫

走下宝塔山，离开延安
我带回一张照片
我把它摆放在办公桌上
处理公务时
会听到我们在宝塔山上的誓言
会看着自己的右手
心里会时时攥紧誓言

赐我值得一过的人生

曹宇翔（北京）

我爱这盛大富丽的秋天
这山河，这旷野，这葵花微风
波浪滚滚的旗帜迎向红日
鸽哨迤逦，童声的花束姹紫嫣红
天边禾浪，秋光灶台，一颗孩子的心
奔走相告，谁是衣袂飘飘
白衣少年，清晨登上梦中山顶

端起湖泊的酒碗敬天敬地敬先人
敬蓝天阳光眷顾，敬大地
五谷丰登，敬人民，敬美德
敬勇敢，敬创造，敬劳动
那些先烈，英雄，无名者
不会走远，落入大地的夕阳
是他们安息之所，光明的芳冢

今日该怎样感谢命运的馈赠
赐我长路和无尽的歌声，当怀揣
愿望，游历了大地，触摸了大地
生命里耸立珠穆朗玛峰夏日积雪
伊犁白杨林，葱茏的山脉
闪过南海渔火，北疆红霞

草原之夜，长山列岛片片帆影

街心花园长椅一位慈眉老人
正在读秋天消息，暖融融夕阳
产房一个啼哭的婴儿刚刚降生
我的生身之地，再生之地
深秋大雁飞过湛蓝的天空
荣辱与共的祖国，我的父母之邦
我多么幸运，为谁喜极而泣

生生不息祖国，充满生机大地
界碑上的红字，漫长的国境线
一个农民工兄弟，枕着砖块小睡
一群少年背着书包翻过高原山岭
日新月异的祖国，我未来的
终老之地，我听到人们在歌唱
爱——人类的和平与昌盛

幅员辽阔的祖国，丰饶山川
让我像深秋的土地一样谦卑，安静
我爱太空飞船，也爱喳喳喜鹊
我爱高铁，也爱乡间的泥泞小路

爱楼群、市镇、米粒般小花
爱唐诗宋词、《诗经》《论语》
也爱落霞般的都市霓虹

我爱那些素昧平生的陌生人
盲人手杖、老人的轮椅，今晨
我爱上一个孩子眼睛里的好奇
黄昏，我在远大路一带低回吟哦
我爱上雨后一汪铜镜般的水洼
观赏啊，一片叶子飘落昆玉河畔
到夜晚它必将映照宇宙和行星

在祖国之秋，在深秋之夜
我的内心是一个偌大工地，灯火通明
秋风拂过命运、生活和沧桑
夜空皎然一月，是谁欢喜的面容

每个人都是一个祖国（外一首）

刘立云（北京）

他在翻阅那些表,那些体检表
他要触摸他们一个个的体温
倾听他们血液流淌的声音
心脏跳动的声音。他们是翻沙工、铸模工
铣工、刨工、装配工、油漆工、检验工
他知道他们每天都要从身体里
掏出技艺、责任、力气、忠诚
长期储存的感觉和经验
每当倒休的时候,便蹐在车间旁的休息室里
和衣而睡,如同一口快要掏干的井
必须让它重新把水蓄满,让它
沉淀和清澈。他知道他们是工厂的一部分
机器的一部分,精密数据的一部分
没有谁是可有可无的,多余的
不能让他们的心律出现错动,出现杂音
不能让那些毛细血管沉积油污和粉尘
连金属也会疲劳啊!但当他们
成为一道工序,一架飞机上的翅膀、尾翼
仪表、铆钉……是不允许疲劳的
必须把最新鲜的血液
注入他们的肌体,他们的灵魂和境界

一年一度！这是他必须要做的功课
他必读的书；他一页一页翻着这些身体的缩影
读着那些胆固醇的数字，红白细胞的
数字。他在比较、思索、总结
寻找阴影，就像洪汛到来之前巡视大堤
他要让每个员工，每个兄弟姐妹
列队从他眼前走过，并亲眼看到他们脸上的红润
他们眼睛里闪烁出活力四射的光芒

他说祖国是具体的，是由一个个人组成的
祖国是我们每个人肩上挑着的担子
我们每个人脚下走的路
你必须让他们强壮，让他们保持旺盛的激情
他还说，祖国是我们每一个人的
是我们每个人的工作、劳动
爱情、奉献；我们每一个人都是一个祖国！

心啊，你要承受祖国的起降

心啊，你要坚强，你要坦荡，你要心如止水

那么多的人在看着我们！那么多的人
是成千上万的人，全世界的人
他们对天空和大海充满想象
那么多的人，他们是总统、将军、战略家
大财团的智囊和股东、媒体策划者
中国威胁论的制造者和鼓吹者
那么多的人，他们长着蓝眼睛、黄眼睛
黑眼睛。他们想入非非，心事重重
那么多的人，当然也有捕风捉影的人
摩拳擦掌的人，他们正用放大镜
对准我们渐渐强壮的肌体，寻找和勘探
分析和追踪。那么多的人
那么多的人，他们中甚至有人为我们准备了
妒忌、嘲笑、酸溜溜的解说和评论

那么多的人在看着我们！那么多的人
他们是期盼天空晴朗的人
祝愿大海温柔的人。那么多的人
他们是一个国家的人，一片古老土地上的人
他们是善良的父亲、丈夫、儿子
母亲、妻子、女儿，就像热爱家园那样
热爱和平，珍惜岁月那样珍惜阳光
那么多的人啊，他们是巡天的人

守海的人、戍边的人,他们只想把手中的利器
擦得更亮一点,磨得更锋利一点

心啊,你现在就是甲板,就是大船上的跑道
你要平坦,你要肃静,你要相信
你放飞的鹰,有着两扇勇猛的灵巧的
像鸟那样生长出来的、穿云破雾的翅膀
心啊,你要承受雷霆,承受风暴
你要大道通天,勇敢去承受一个国家的起降

和平的上午（外一首）

姜念光（北京）

四月暮春，满园树叶继续长大
老园丁慢慢打扫
玉兰留下的马蹄印
阵风吹过，几树海棠纷纷落英
它也柔肠转，忽然想起另一个城市的美人

一个女高音在六楼的窗口练习歌剧
团团花腔，朝侧耳的主考官奔去
生活，就应该配有艺术的腰肢啊
搭着咏叹调涌起的小浪头
四楼的家庭，女朋友带来了生日的酒

三楼上，休假的边防士兵沉睡未醒
他因为过多的氧气感到头晕
积雪太深了！他还不适应这样的安稳
他又梦见了小分队
走在边境线千层楼那么高的山顶

中关村南大街二十八号，干休所门前
当整修道路的工人启动冲击桩机
一楼，弥留之际的老将军突然大叫
——快掩护，快掩护，我们冲

深埋的战争记忆,又一次被触发
却把建设的声调
听成了马克沁机枪猛烈的扫射声

秋日营盘

群山环绕的军营仿佛大地的原点
空气清冽,阳光泼溅黄金
天也比昨天蓝得更深了,岩木高峻
条条白云横放其上,崇高的气象
令人始信确有龙潭虎穴
需要多么无畏,才能来此俯身畅饮

而三百个士兵正是这里的核心
他们千锤百炼,江山因此周转
而三百名胯下有马的青年男子
日夜修习屠龙伏虎之技
而三百株核桃结实生硬的青春
三百棵山楂逼出了心中火苗
终于显示出红色的灵魂

而三百粒火中的栗子无人可取

　　秋天越来越深，寒冷日甚一日
　　仍然是这样，夜晚的群山安放剪影
　　然后在上方撒满星星。仍然是这样
　　一列战备值班者，走向山腹中的坑道
　　看不见他们的身影了，只能想象
　　那凝练的钻石的意志，如一把细沙
　　正在穿过铁的漏斗

大 淀

简 明（河北）

1.

所有的今生，均来自前世
正如所有的后果
皆有前因

汪洋浩淼，势连天际
与银河水系相提并论，源远流长
像天降大任，白洋淀的水
前世始于火

燕南陲、赵北际
天行健，地行宽
宽生大淀阔水
水低于土而统治土

上土养生：不动而威
中土怀柔：以十米以下的最低海拔
吐纳四面八方
下土藏宝：金银铜铁铝，石油天然气
折射七彩光芒

土承载了人世间所有的苦难
天灾、人祸、战争、疾病
倒退、失败、悲欢离合
从一缕炊烟的忧伤
到一抹落霞的孤寂
前行中的作茧自缚和困兽犹斗
光阴如逝，恍若隔世
土承载了这一切
水承载了土

天水凡胎，地火人烟
九十九淀，始于一
一生百

2.

京津冀是中华民族
近代史的舞台

1679 年，26 岁的康熙皇帝
驻跸雄安，踌躇满志，赋

"遥看白洋水，帆开远树丛。
流平波不动，翠色满湖中。"

1858年，英法联军攻陷大沽
清政府被迫签订了《天津条约》
1860年，英法联军逼近北京
咸丰皇帝逃往热河（今河北承德）
震惊中外的火烧圆明园事件
迫使清政府签订了《北京条约》

1938年，日本鬼子进犯新安城
抗日武装雁翎队，截击日寇军火船
切断敌人的天保水上交通
留下了一段段抗战传奇
毛泽东题词：荷叶军

如今的白洋淀
无堤，无坝，无汛期
如今的白洋淀
无守防，无水师
无备战之敌

如今的白洋淀
迎天下有志之水
聚天下有才之水
修身，养性，自信天下

3.

友邻是福
上邻北京城，下峙太行山
直航天津大码头

北京门楼的石狮，河北曲阳的手艺
北京茶馆的小曲，河北梆子的唱腔
北京天桥的杂耍，河北吴桥的把式
北京琉璃厂景泰蓝，河北大厂专供
北京瑞蚨祥，河北高阳的土洋布
北京老布鞋，河北邢台的千层底
北京大澡堂，河北徐水的搓背工
北京理发馆，河北清苑的剃头匠
明代侍女，河北滦平口音
乾隆避暑夏，承德大山庄

民国总理事，保定总督府
北京密云水，河北官厅蓄
京郊遛鸟，燕郊吊嗓
京冀手足情

天津大鸭梨，河北泊头的果
天津大麻花，河北沧州的子
天津泥人张，河北肃宁的糖坯
天津鼻烟壶，河北衡水的内画
天津杨柳青，河北武强的正宗
天津缺水，河北引滦入津
天津内涝，河北泻洪献县
津门唇齿相依

舟车交辏，水行陆走，无往不通
贸迁有无，而无往不利
故人物熙熙

顺治十六年直隶省，巡抚大名府
1928年6月河北省，省会平津保
抗日时期晋冀鲁豫，红色小省会

九十年前，京保争夺河北省会未果

九十年后，雄安特区圆了梦
把天津、保定、北京连在一起

4.

春风鼓动
淀群像一座座岛屿
星罗棋布在中央大淀周围
白洋淀、烧车淀、羊角淀
池鱼淀、后塘淀等较大
腰葫芦淀、马棚淀、捞王淀
藻苲淀等次之
一百四十三个有名或者无名的水泊
自治泽国

郦道元在《水经注·易水》中曰：
"易水又东，泥水注入。
水上承二陂，于容城县东南，
谓之'大垦淀、小垦淀'
即大渥淀、小渥淀
因白洋淀面积居诸淀之首
故总称白洋淀。"

众鸟盘旋在众淀上空
众草浮游在众淀水面
众鱼沉潜在众淀腹中

鸟有：白鹤、环颈雉、大鸨
文须雀、丹顶鹤、大天鹅
紫背苇鳽、黄腹鹡鸰等

草有：风信子、浮萍、水葱、美人蕉
马蹄莲、鱼腥草、菖蒲、泽泻、茨菰
水仙、金鱼藻、千屈菜、满江红等

鱼有：花鳅、青鳉、鳜鱼、黄黝鱼
鲑鱼、棒花鱼、三角鲂、黄颡鱼
马口鱼、麦穗鱼、花骨鱼等

5.

丰水如海，大淀如洋
畿辅关钥之地
皇家水猎之所
以大面积的荷花淀和芦苇荡名世

水体乃鱼虾必争之地
九分水域一分岸
出水荷花压浪花
孙犁的小说名著《荷花淀》
姊妹篇《芦苇荡》
袁静、孔厥的《新儿女英雄传》
徐光耀的《小兵张嘎》
领军荷花淀派

6.

白洋淀地处京、津、石腹地
距三地分别一百五十公里
古时又称白羊淀、白水淀、西淀

从北、西、南方向
潴龙河、孝义河、唐河、府河
漕河、瀑河、清水河等九流入梢
九河汇一淀
百淀入海河

大淀无形，大地温暖身如镜

大淀无浪，大风浩荡心安定
大淀不流，体内自有潮起潮落
大淀不朽，体外别具春夏秋冬
大淀不偏，头上北斗指南
大淀不移，脚下定海神针

江水泱泱，河水潺潺
死水前世皆为活水
活水今生大有作为

7.

大淀惠己，出世入静入定
此处无声胜有声

有远见者，必有大略
有大略者，必有大行
有大行者，必有大德
有大德者，必有大贤
有大贤者，必有大仁
有大仁者，必有大智
有大智者，必有大义

有大义者，必有大勤
有大勤者，必有大成
有大成者，必有社稷之心

大淀泽民，入世普度众生
此举润物细无声

有大真者，必有大善
有大善者，必有大美
有大美者，必有大梦
有大梦者，必有人民情怀

8.

小我生大我。家国诸事
有二必有前后，前后有争先
有二必分大小，大小有取舍
有二未必有三，活添三
有三必有左中右，未必分主次
但行程异同
有三必分你我他，未必分敌友
但内外有别

百淀成大淀。大小诸淀
形态各异，自有志向
既有出生年代、水系传承之分
又有大水小水
上水下水之别

同流必合污，枯水鸭先知
史上白洋淀喜忧参半
丰水与枯水轮转

9.

天分星宿，地列山川
上应天王星，下通地王脉
中轴线上的壮美秩序

雄安见祥瑞，鸿运当头时
一万年的沉淀，一千年的复兴
小淀黄河水，大淀九重天

写在安顺场（外一首）

曹纪祖（四川）

大渡河流走多少往事
安顺场却留下一个日子
一段永不剥蚀的历史
一个惊心动魄的传奇

石达开在这里失败了
翼王亭迎着山风哭泣
红军在这里胜利了
渡口有确切的记忆

去看看那座强渡的指挥楼吧
多少年前的岁月就近在咫尺
石墙依旧，木梯依旧
望风口应看得见当年的战事

炮声隆隆，想见轻舟，想见弹雨
想见河水汹涌，想见阻敌惶急
想大渡河逝者如斯，而
惊涛拍岸，仍激扬着英雄的名字

信仰一样的大渡河啊
你雄性的血色有凝重的情义

面对如此壮烈的真实
应该记住，那些消失的名字

三看红叶

第一次是观赏
那万山林木中
红色的诱惑
鲜艳的色彩是谁的手笔
在澄澈的秋空中写出意境

第二次是解读
红叶红到燃烧的时候
有没有别的含义
当年红军从这里走过
四方面军的总部就设在县城
艰苦的征战九死一生
人说枫叶是红军的鲜血染成

第三次是思考

二郎山红叶是一种象征

该留下一些记忆,好好珍存
比如满山杜鹃,比如茶马古道
筑路英雄复活在二郎山的歌声
古树荒岭沉默着烈士的碑铭

如今时光在隧道中穿行
羊肠小道已没有马帮的铃声
如果你看到鲜艳的旗帜
那是红色队伍经过的身影

现在请到桥头堡喝一碗鸡汤
向老乡学几句背二哥的歌声
看鹿群在夜色里下山食盐
山风中谛听历史的回音

把篝火点起,燃烧激情
踏歌而舞,牵手愉悦的心情
还我芳春年少,达旦黎明
这是红叶写成的独特的风景

开国大典

李自国（四川）

不管历史走了多远
那个伟大的时刻
都会成为永恒的纪念
　　　　　——题记

当我们重新回到童年
聚集在城楼下，屏息，等待
太阳重现的天空
停在我们头顶，升起
大海。火苗。风和云帆

三十万颗头颅
攒动在比海洋还广的地带

那双挥动热泪的手臂
那些开国元勋的神采
那串红星提灯、礼炮、解放鞋
归来时，整整四十年
仿佛童年的某个夜晚
红旗下的母亲呵
镰刀与铁锤的传说
使她的目光爬上二十二米高竿
我们的胸怀

因你的飘扬日益澎湃

一代代人仰望
有五十六个民族的声音
在两岸呼喊
巨大的灯笼
目睹了不尽长夜的归宿之后
我们的大海
涨潮了
而联想一直跟在后面

一个被蹂躏的英文的名字
一个被星条旗垂目的河山
巨轮沉默给大洋彼岸看
给落日挂入杧果林的瀑布看
而我就是你明天的水手呀
抚慰你的伤痕时，原宥我
没赶上为你而战的年代

我们征服的季节
就留下这支船歌
大海航行怎能没有舵手

泪水把伟大的纪念冲洗出来
十亿双瞳仁齐射向天空
天空漫漫　抬起头
鸟瞰整个东方
整个东方的海岸
去发现一个火红的世界

往返于块状与液态之间
往返于旋律与色彩之间
往返于欢乐与痛苦之间
往返于银河与海洋之间
往返于禾苗与肤色之间
往返于灵感与车轮之间
往返于流弹与铅云之间
往返于高鼻子与蓝眼睛之间

大森林从荒园急急驰过
带走整个夜晚

在记忆的版图里
雄鸡引吭
聆听旷野的呼唤
被目光一天天拓宽的甲板呵

涌入波浪与船长的胸怀
光辉的彼岸呵！思想的闪电
照亮我们身躯里的另一座重洋
真理。曙光。人的发现
信息。挑战。千变万化的未来
中华人民共和国呵
在新生的镜面上
你让我安放最纯真的容颜

那块悲天泣地的大浮雕
还认识我吗？你的广场
是我心脏日夜跳荡的地方
我已把全部热情和血液
流进你的脉管、你的红墙和大街
你的每个轮上的梦
旋转中的国度呵，如一方舞台
就这么记住了
那位伟人的巨手一挥之间
而我就是当年城楼下
生动过的童年
那个与五角星一起
闪亮过的童年呵

枪杆子传奇

高 凯（甘肃）

1.

一伙人，和一粒子弹
在枪杆子里相见

枪杆子里漆黑一团
子弹冲出去了，一伙人
也跟着冲了出去

结果
一粒子弹打开了一个局面
一伙人找到了一句箴言——

枪杆子里面出政权
一句顶十万粒子弹

2.

为正义
而在黑暗中挺身去寻找真理
就是起义

1927年8月1日。黑暗中
一群握住枪杆子的人
起身前举行了一个仪式——

用一支短枪，在黑暗中
把一盏血色的灯笼挑亮

而且，黑暗中的口令是
山河统一

这群人，在黑暗中
为以后此起彼伏的起义
埋下伏笔

3.

头颅不在了
还有热血一腔
碗口大的一个伤疤
盛满鲜红

先为一把铁锤淬火

然后蘸着去磨砺
一把镰刀
一个生命的图腾
扛在肩上
举在头顶

十道封锁线
也挡不住一群怀抱理想的人
跟着红旗走的人
越走越红
被红灯一路引领的人
距光明越来越近

4.

那么多
那么高的雪山
缱缱绻绻连绵不尽

那么白
那么长的哈达
献给远远走来的红军

草地中，究竟
走出了多少远行的草鞋
谁个也说不清

草鞋都是草地的孩子
草地的一个个孩子
都是草上飞的英雄

5.

夜幕中，人人
头上顶着一颗
红星星

的确都是播种机
人人身上带着一粒
滚烫的火种

二万五千里征程
一路，给人间种的都是
天上的启明星

6.

信不信由你
河西走廊的一个地方
有一种杨树，每一根树枝
从骨节处折断
都有一颗红色的五角星

信不信由你
河西走廊的那一种杨树
只能在那一块地方生存
谁被挪一步就不想活了
就会放弃生命

信不信由你
河西走廊的那一个地方
曾经被一支红军的鲜血浇透
那一片杨树
收留了无数的英魂

信不信由你
河西走廊的那一片杨树

绿了又枯了,枯了又绿了
年年在大风中
哭一支西去的红军

信不信由你
河西走廊的那一个地方
那一片杨树的样子,谁见了
都会伤心落泪,都不得不信
草木真的在给人守魂

7.

小米
小是小
但仇恨却熟透了

小米
一粒就能让一支步枪
吃饱

小米

一粒就能把一个鬼子
撂倒

8.

有个战士
在陕北的瓦窑堡
为挨冻的延安伐薪烧炭
每一个日子
都是热火朝天

解放区的天
是明朗朗的天
这个战士，手搭凉棚
看见曙光就在前面
幸福已经不远

面临崩塌的炭窑
战士推出战友
而战士的生命
一眨眼映红了天边
在战士隆重的葬礼上

领袖将一篇滚烫的《为人民服务》
动情地捧在自己的胸前
在纷飞的炮火里
向全中国讲演——
要奋斗就会有牺牲
死人的事是经常发生的
但是我们想到人民的利益
想到大多数人民的痛苦
我们为人民而死
就是死得其所
死得比泰山还重……

这是一个领袖与一个普通战士的对话
这是一个生者与死者的对话
当然，这也是历史
与今天的对话

这个战士
后来被他的领袖和人民
当作火焰的种子
永远贮存

9.

那些喋血的传奇
到了我这种年龄的人
看见的已是一座座墓碑

我知道
一座座墓碑
是一个一个英雄在昨天倒下之后
以另一种方式
在今天站起

凭借骨头矗立
始终是一个不朽的人
生的姿势和死的姿势

历史让我们做的
就是深深地，深深地鞠躬
然后站直做人

望着朱德元帅的眼睛

王久辛（陕西）

他眼里正降落的太阳下
黑压压一片，望不到边的饥民
正发出低沉，哀伤的嘶吼
越来越弱，越来越弱的喘息
被落日的余晖照亮
像太阳刚刚沉入地平线
剩下的余晖也即将被收拾干净
那可怜的一丁点儿的光
是饥民最后的喘息，转瞬即逝……

大地漆黑一片
天空沉寂漫延
死亡覆盖了饥寒交迫的人们
还有腐恶的奇臭在悄悄弥漫
刺人的眼，捅人的心，搅人的魂
魂——在地下窜动
像地火在泥土深处燃烧
在他的眼里燃烧。一只凤凰从熊熊燃烧的火焰中诞生

良知的锐目，看穿了世道的不公
他们选择了抗争与奋起
选择了为饥寒交迫的人们流血牺牲

于是，南昌的城头上
便冲上来一支孔武钢铸的队伍
根扎亿万人心，魂系民族利益
铁流滚滚，纵横四海
天下为公的军队当然无敌于天下……

刘伯承纪念馆

王明凯（重庆）

我把你，和那个叫沈家湾的地方
都看成，刘帅的故乡
刘帅告别了门前的浦里河
告别了黄果树下的石磨盘和石水缸
在那个巴掌大的院子里挽起裤脚
沿着一条小路，去了远方

远方，是"拯民于水火"的战场
从浴血丰都，到泸顺起义
从八一风暴，到彝海结盟
从巍巍太行，到淮海决战
从风雨钟山，到金陵兵校
每一寸山河，都记录着戎马仗剑的足迹
每一页史诗，都传诵这铁血奔流的华章

如今，他回来了
回到了魂牵梦绕的故乡
夜眠八尺，躺成了沈家湾的泥土
倾听着种子出土的声音
临风而立，站成凤凰山的岩石
守护者庄稼拔节的分量
静候春天，从大河的入口处赶来

给脚下的山水，披一层新绿

我在你高高的铜像前
阅读"勉作布尔什维克，
必须永远与群众站在一起"的箴言
我在你连回廊回环的两进大院
一遍又一遍，呼喊着刘伯承的名字
觉得走出去，又回来了的元帅
一直，在我们中间

我们家的祖国（二首）

杨献平（四川）

祖国是青草的青

风从山岗吹过，我想到了祖国
祖国是草色的青，是在我身边蔓延的青色
是草原色的青，是天上的辽阔
祖国是梦境的青，在我们的内心
是清晨露珠打开的干脆和清澈

我想这就是我自己的祖国
她的青色，绵延我这一生的痛楚与愉悦
她的青，是我热爱的底色
从一株草到另一株草
我和我，一样的青，一样的无际和快乐

我从青草中发现祖国
她和我，像血和肉一样亲切
像草丛的花朵，把最深的芳香放在风中散播
像此刻我一个人
与旭日一起，把青草装进灵魂和骨骼

我们家的祖国

我坐下来,儿子坐下来
妻子烹制菜肴;我们在品尝水果
风吹窗纱带回鸟鸣
从不远处的果园带回尘土和花朵
还有音乐,像呼吸一样缠绕我们的心脏与耳膜

趁着阳光和灯光,打电话给在北京以南生活的母亲
问候她身体和家里的一切
还有搞养殖业的弟弟,他们的孩子正上小学
问候雨水、庄稼、果树和容易走失的家畜
问候闲置多年的老房子
还有亲戚、朋友,以及他们的喜怒哀乐

我常常把我们这一个家
称作我们家的祖国。每一个人都是一个祖国
他们让我活着如此亲切
就连感冒和跌倒,稍微出点血
也能感受到温暖和快乐

为此我时常感恩，怀念去世的父亲
想起此地和他处的好人。为此我时常笑出声来
不由自主流下眼泪。我觉得我活在一个具体的祖国
当然这一个祖国足够小
但谁又能说她不大呢？我热爱我们的这一个祖国
就像热爱另一个祖国

中原的麦地

王猛仁（河南）

　　我的家乡金浪滚滚。和煦的风吹拂着古老的中原大地，麦浪在太阳的照耀下，亮亮闪闪。

　　这一刻，似乎已经被写进历史。

　　习总书记身着便装，走入麦田，走入老百姓中间。

　　一些正在劳作的农家妇女，和总书记对视着，交流着，彼此爱着彼此。

　　一缕缕阳光充满每一个瞬间，宽厚、亲切、温暖，农民兄弟愿意这样与为他们操心的人交谈。

　　党的政策就这样风尘仆仆地，由总书记从北京带进田间，带进地头。

　　"谷贱伤农，伤农则国穷。"

　　从麦田走出的总书记，继续与这些厚道朴实的农民，谈论着三农问题，谈论着家庭问题。

　　心与心，没有距离。

　　有几只蝴蝶从远处飞来，也想结识北京来的客人，它们的礼物是中原的黄，中原的绿。

　　农业与农民是国家之本，没有什么利益高于老百姓的利益。

　　我喜欢我的大平原。还有平原的风，平原的雨。

　　我写诗的时候，那些沾满麦香的文字，急切地往前挤，那就让它们都去吧！愿它们，化作一粒粒麦子，化作一只只蝴蝶，留在中原的麦地，一年四季幸福、快乐地生活。

　　不离不弃……

他 们

刘红立（四川）

他们把爱献给了对方
对方把爱献给了信仰
信仰的鲜血驱动年轻的躯体
年轻的躯体陷落于古老的草地

草地种下了一阵撕心裂肺的长鸣

草地的花开了
白的像眼珠，黑的是瞳仁
红的挂着朝露，而黄的
等长了四季

草地守候一种长远的回应

草地的花又开了
你喜欢的狼毒花这一季开得最盛
它把所有的颜色全都绽开
"你，该来啦——"

草地捕捉到一声苍茫的长啸

一只瘸了腿的狼
回到曾经挣扎的生死场

当年的滂沱大雨从眼眶一涌而出
云雾弥漫太久太久

她把他的魂背负到草地
草地又把她和他的灵拥入
长风几度
他们越吹越紧

狼毒花啊狼毒花
你为一块信仰的石碑
向苍天指证

    仅以此诗献给长征英雄洪欣、杨明义、宋丽的爱情：三个儿时伙伴，长辈们有意让宋丽和杨明义结成儿女亲家（宋丽10岁时不慎落水，是杨明义将她救起）。可宋丽的感情更倾向洪欣。带着难以梳理的情感，他们参加了红军。杨明义与宋丽被分在同一个伤员救护队。经过几个月的并肩战斗，宋丽分明觉得，杨明义已占据了她心中的重要位置。一天，敌机突袭，就在宋丽用自己的身体掩护伤员时，杨明义扑过去挡住了敌人的子弹。杨明义弥留之际，对宋丽说："快……去找洪欣……"爬雪山的前夜，宋丽生病了。洪欣将她紧紧地裹在怀里，用自己的体温温暖她。这对有情人，在经历多年的心恋之后终于向对方奉上了初吻。洪欣最终把心爱的人背过了雪山。洪欣累倒了。一阵慌乱把洪欣惊醒。他看到一个战友在沼泽地里往下沉……是宋丽！洪欣猛扑向泥潭。他拼命向宋丽伸出手去，眼睁睁地看着泥水漫过了宋丽的口鼻……半个世纪后，洪欣拖着一条负伤截肢的残腿，重返当年草地。他在印象中的泥潭边竖上一块墓碑，献上一束红色玫瑰。解放后，洪欣定居四川内江，献生教育。1995年病逝，终年79岁。

中国蓝（外一首）

谢宜兴（福建）

把南海的蓝命名为中国蓝
是我的祖先最早，把一颗蓝宝石
雕刻成波纹体的中国印章
"于疆于理，至于南海"
我的祖先在诗经中这样歌唱

那是仙人们常常飞越的地方
一抹深蓝来自民间的仰望
那个叫观音的女子高踞云端
她手持的净瓶里装着南海
轻轻摇动，海面波涛荡漾

他们把东西北三江赶入南海
让同源的水脉滋养别样的风光
珊瑚虫造屋，绿蠵龟漫步
鱼类游得忙，海鸟舞得欢
翡翠鸟的翅膀印着中国蓝

那份深入中国人根脉里的蓝
像描在瓷器上的青花色
又像沉淀在岁月里的蜡染时光
一轮阴晴圆缺的东坡月

辉映海青天骨骼里盐铁的光芒

南海的蓝是一种沉醉的蓝
盛世长安需要这一壶玉液琼浆
可再多栅栏岂能拢住这群蓝鬃的烈马
军舰鸟绕着军舰说，我祈愿
这是一座祈祷和平的殿堂

还有什么风暴能够阻挡

还有什么风暴能够阻挡
七月，航程光一样展开
东南季风发出了邀请，向我
向一叶张开翅膀的船帆

在父亲的梦想中起航，一艘
红船镀上了寓言般的阳光
一路点亮流水的灯盏，让
平常的农具举为高扬的图腾

在黑暗中犁出一条水路
像剪开一匹沧桑的历史
假如我不曾摆脱暗礁漩涡
十月的黎明还在彼岸呼唤日出

现在，成败荣辱不再成为负载
昨日已卸在昨日的码头
激流的蓝焰在水下涌动，而我
只带着长风和罗盘起锚

我将服从内心的坚持，为诗歌
为理想高声祈祷，此刻
我梦见海天处一只金色大鸟
像飞翔的红日又像红帆

说与祖国（二首）

包 苞（甘肃）

又一次，倾听一种声音
——献给党的十九大

又一次，聚集在旗帜下
倾听一种声音

一种山峰隆起的声音
一种大河转弯的声音

你听，这旧痂的碎裂、断折、脱落
多么悲壮

你听，这新浪的激荡、拍打、冲决
多么激越

你听，这新
对旧的埋葬

你听，这旧
对新的祝福

放弃"围剿"吧，世界
没有什么能阻止希望的抬升

放弃堵截吧,世界
前进的洪流必将实现岁月辽阔的初心

看,旗帜又在飘扬
那火一般的旗帜

听,号角再次吹响
那春雷一般的号角

时值盛夏,春天播下的种子正在长成。

听,这生长
听,这兽群经过的震颤

听,这大地抬升的巨响
听,这大河冲决的回声

一个声音说:这头雄狮已经睡醒
一个声音又说:这是一头文明之狮、和平之狮

呵,又一次,我们说出了未来的心声
也说出了世界的心声

说与祖国

此刻，和平多好
因为利比亚
因为伊拉克
因为被和平与民主的谎言肢解了的国度还有很多

此刻，稳定多好
因为非洲土地上饥饿孩童绝望的眼神
因为被海水吞没的欧洲难民的小小尸体
因为文明的炮火到来之前的许诺和炮火之后无耻的掠夺

此刻，祖国多好
因为"一路一带"正在风靡全球
因为"精准扶贫"已经取得丰硕成果
因为有一个希望与梦想并蒂开放的地方叫"中国"

此刻，活着多好
因为梦想
因为爱着
因为"壮士断腕"和"刮骨疗毒"
都是为了这片土地上的每一个人
更有尊严地
活着

高铁,让遥远近在咫尺

周世通(四川)

从李白故里青莲到东坡故里,也就两百多公里
在唐宋或明清,这是一个相对遥远的距离
在民国,也得两天的行程

当新中国展开了前进的速度,江油、眉山两座城
从这一站到那一站的距离,也就不再遥远
人们在吃晚饭或者午夜梦呓的时候
火车在两站之间急驰来往

当经历一个甲子,中国圆梦让世界为之仰慕
高铁,成为名词中国的一个梦幻般的动词
在城市乡村之间,那飞一般的速度
让天涯迈入比邻的新时代

如果有时空隧道可以穿越,我相信李白或苏轼
定会邀友登上高铁,相见时难别亦难情景
将一去不返。列车就是凡间的彩虹
牛郎织女相见也就不再难

此时,坐在绵成乐城际高速列车上,闭上眼睛
感受动妹甜美的声音,想念一个遥远的人
为什么她会变得遥远,又近在咫尺

三沙的神经触及存在的辽阔

王学芯（江苏）

在我和任何人的眼里
三沙宽广，风云的血脉长啸
如同海鸥的形体
穿过骇浪，在波涛上行走
清晰的轮廓，脸上闪出钢蓝光泽
肌肉弓起的肢体
涂着一层
热得发烫的阳光

一根针插进大海，尖锐的楔子
射进波涛深处，钉在那里
镇定的主体和棱角
每一根神经触及存在的辽阔
抵达最边缘的波浪
那里的天空、海滩、土地
连着平静从容的国土
在每一格窗户上
映满润湿的云朵

阳光灼热烁金，躯干
晾晒着皮肤，棕榈的每一片剑叶
上面的光点，闪现

名字，像是母亲第二次分娩的生命
紧绷的颜色锋利
眸子在浓绿的树木中
如同那些透亮的小花闪耀

当我和任何人的眼睛，看到
三沙从波浪中贴近世界的耳边
在风云中倾听风云的嗓音
光影
像拉长的一条条航线
解开所有礁石的缠绕
我和任何人
在风景中，飞起了身体

在广安，我应该想起他

鲜 圣（四川）

是的，这里是广安。
我在这里没有其他亲人，我应该想起他。
应该想起他指间的香烟。想起他的太行山。想起他的大别山。想起他种下的那棵石榴树，年复一年开出的花朵。
想起他坐在一把藤椅上，说出地地道道的四川话。

是的，我正在想起他。牌坊村，邓家大院子的天井还在，门前的那棵老铁树，已经发芽。
老屋的木头床还在，那盏油灯还在。私塾留下的四书五经，摆放一角，窗前那束眺望的目光还在。祖母还在抚摸他的小平头，池塘里的荷花，又长高了许多。

我必须想起他。一张张黑白照片，记录下他的少年、青年、中年和晚年。我想起笔架山上的霞光以及天安门前的鸽子，想起雪山、草地和深圳渔港里的烟头、街头的霓虹灯。

当然，在广安，我更愿意提起：这里是他的故乡。
很多人都会想起与我不一样的细节和事情。想起他走过的每一个地方都叫故乡，我在遇见每一个广安人时，都这样想：他们，已不再陌生。
我在这里，找到了自己的亲人。

中国梦,就是……

唐 力(重庆)

中国梦,就是大地的梦

当你行走在田地间,你的梦想
是一粒稻子的梦想,那样饱满、那样沉静
你的梦想也是
一株玉米的梦想,那样挺拔
而在枝叶和枝叶之间,是风的轻响
当你走在城市的街道,你的梦想
是一排街灯的梦想,那样灿烂,那样斑斓
当你仰望天空
一个个老百姓的梦想,就是
夜空中星星的梦想,那样浩瀚

中国梦,就是复兴的梦

在古老的缶声中,在郑和船队的桨声中
在林则徐虎门销烟的火光中
在邓世昌悲愤的呐喊中
在黑暗的雷声与闪电的击打中
在血与火的长征中,在奋斗的呐喊中
在江与河奔腾不息的波涛中
有你的梦想,有我的梦想

有我们的梦想，有一个民族的梦想

中国梦，就是朴实的梦

它是每一个人的梦：温暖而幸福
富裕与有尊严的生活
这是一个国家的梦，一个民族的梦
是迎着旭日上升的梦想
它是镰刀的梦想，有着月亮的光辉
它是一把铁锤，有着力的弧度
它像一缕炊烟，向白云致敬
它像一台机器，在钢铁中谱写乐章
每一个单独的梦想，最终汇聚成
一个巨大的，共同的梦想

这个梦想是辽阔的，有着960万平方公里的广度
这个梦想是高远的，凝聚着十三亿人的智慧与力量
它由一个早晨出发，从每一个人内心出发
汇入到黎明的壮丽朝霞里，灿烂的光线里

在六盘山上

第广龙（甘肃）

六盘山不高
也不险峻

我一次次翻越
春天，在山顶上
看沿着山坡
泼洒到山脚的杏花
快要淹没
一户户散落的人家

老人说
当年过队伍
一个个衣服破烂
干粮袋剩下干皮
像是一帮穷人
却在大声唱歌
走得不快
步子一致
像是一群蚂蚁
没有乱跑的
也没有人掉队

风声大起来了
当年的杏子树
早就落了果
上了色的叶子
火药一样燃烧
老人也许不知道
走了大半个中国
这些疲倦的革命者
望见了比杏花还红的
鲜艳的红旗
才挥了挥
黑乎乎的手

轰隆隆一阵响动
那是一列火车
从六盘山的肚子里穿过
喷吐的蒸汽
让一棵棵杏子树
悬浮在空中
又把泥土
抓握得更牢

重返安顺场

黎正明（四川）

一条河水天上来，源远流长
那些坚硬的石头
忍住了一生的泪水
一朵朵棉花做的手巾
擦不干岁月的风雨

悲情的石达开，渡不过历史
土司沿河设防
空室清野，太平军血染大渡河
千古遗恨的背影渐行渐远

八十年前踏浪金沙江的红军
十七勇士开路，枪林弹雨下
一只只小木船
将黑暗摇向光明
红军渡，一部无字的史书
是活着的文物、醒着的化石

我们穿着改朝换代的红军装
不是少小离家老大回
也不是匆匆的过客
是来重拾不忘初心的诺言

一个伟人在一首诗词里喊我
沿着平平仄仄的《七律长征》
一队队戴五角红星的背影
倒映在惊涛拍岸的水中央
波涛汹涌，指南针的火种
从此找到了太阳升起的地方

重返安顺场，枪声已远
子弹穿过半部近代史
我扶着安顺受伤的名字
借涛声唱一曲英雄的赞歌
书声琅琅
漫山遍野开满希望的花朵

嘿，那个送快递的帅小伙
——天舟一号素描

起 伦（湖南）

星空，我童年与神话的总和
一座神秘花园
在我眺望中存在那么多年
即使花香迷失，我也始终知道自己所在

银汉迢迢暗度。今天
我被委派去苍穹为久居天上的亲人
送一次特殊快递。我按捺内心狂喜
有谁知，我捎带上自己积攒多年的相思

没有人能轻易颠覆智慧中年
而此刻，确又被带回少年的幻想
——这哪里是送了一次快递
分明是长天最美的一吻

天地间，有这样一场有趣的对话为证
"嘿，你看，那个送快递的帅小伙

吻上主人家千金了……"
他眨着鬼眼，调皮地说
"——嘘，别大声嚷嚷！您看清楚了
她是我人间青梅竹马的发小"

天舟一号：即由中国空间技术研究院研制的我国首款货运飞船。具有与天宫二号空间实验室交会对接、实施推进剂在轨补加、开展空间科学实验和技术试验等功能。2017年4月27日19时07分，天舟一号货运飞船与天宫二号空间实验室成功完成首次推进剂在轨补加试验，标志天舟一号飞行任务取得圆满成功。被称作在太空"送了一次快递"。

白马石：战友之歌

洪　烛（北京）

1.

白马石，东北抗联的秘密联络站
八十多年后，我又来这里寻找战友
接头暗号是田间的诗：
"……一个义勇军
骑马走过他的家乡。
他回来：
敌人的头，
挂在铁枪上"

战友啊，你听见我的呼唤了吗

被诗人赞美过的孤胆英雄
后来怎么样了？是获得更多的战果
还是因为弹尽粮绝不幸身亡
他是否想得到：这么多年来
不断地有援军前来找他
我正是迟到的一个

也许已无法帮他做点什么
但我必须找到失联的战友。哪怕仅仅

为了通知他一声:"我们胜利了!"

在生者与死者之间
这仍然是一份最重要的情报

他如果不知道,就死不瞑目啊
我如果不能把捷报传递到烈士耳边
就不是一个称职的诗人

诗人,战争与和平的交通员

2.

我正走在他走过的路上
不,是我回到了自己忘却的战场

诺敏河:嫩江支流
夕照之下,仿佛铁枪上的那一绺红缨
仍然在滴着昨天的血

如果我告诉你诺敏河又是

大名鼎鼎的呼兰河上源
你会怎么想？是否能感到
那是一部史诗在流淌

3.

只剩下一块饼干了，一半分给战友
另一半含在嘴里

只剩下两颗子弹了，一颗准备射向敌人
最后一颗留给自己

只剩下一个晚上了，前半夜站岗放哨
后半夜突围

明明知道此行凶多吉少
我还是要站好最后一班岗

即使会在天亮之前倒下
此时此刻，我像树木一样站得笔直

只剩下一条路了，不是死于敌人的子弹
就是死于自己的子弹

也许，还有别的选择
可那不属于我，不属于一个战士

如果说有什么遗憾的话，那就是见不着
明天的太阳了。我是没有明天的人

当然，太阳还是会照常升起
照耀着的，将是我光荣的尸体

这具尸体一定保持着冲锋的姿势
从生到死，我都习惯了以冲锋来反冲锋

只剩下最后一点时间了
可我还是那么相信自己

4.

在胜利日之前阵亡的战友
使我加倍地心痛：他若是多坚持一会儿就好了
就能与我一起欢呼，一起解甲归田

可惜，胜利需要他流尽最后一滴血
他毫不迟疑就这么做了

在胜利日之前阵亡的战友
使我加倍地心痛：我若是早来一会儿就好了
就能与他并肩战斗，为他包扎伤口

可惜，他因失去援助才孤军奋战
唯一的战友就是那匹汗血淋漓的战马

在胜利日之前阵亡的战友
使我心痛了又痛。我甚至被这样的问题所纠缠：
死于胜利前夜，究竟算失败者
还是胜利者？我为他的不幸而遗憾
遥遥传来一声马嘶，似乎在替他诉说：他很幸福
所有为胜利立下不朽之功的人
都有权利为自己而骄傲

"他倒下了。阵地被敌人占领。"
"不，他还在坚守着自己的尸首
尸首那么大小的一块阵地，一直没有失守。"
"难怪，敌人用军刀切开他的肚子
发现胃里面只有棉絮和草根

要下意识地向他的尸体敬礼呢!"
"即使敌人,也不得不佩服断粮那么久
仍拒绝投降的对手。在胜利日之前
他个人就已反败为胜……"

5.

我的战友没有军衔
可在敌人眼里,他永远是将军
敌人也不得不尊称他为将军

我的战友没有军衔
可在我眼里,他永远是将军
我很荣幸自己和一个将军成为战友

他是拿枪杆子的,我是拿笔杆子的
这不妨碍我们成为战友
谁叫我们置身于同一个战壕呢

他在胜利日之前战死,我在胜利日之后出生
这不妨碍我们成为战友
谁叫我们捍卫着同一个祖国呢

我的战友没有军衔，却是将军中的将军
我也想歌颂英雄而成为诗人中的诗人
他比任何诗人都能给我更大的力量

不，他也是诗人，以血写诗
血写的诗才配叫作史诗：他把最后一颗子弹
最后一个字，留给了自己……

6.

在白山黑水之间，我没有找到阔别的战友
只找到战友骑过的白马

在林海雪原之间，我没有找到战友的骨头
只找到白马变成的石头

在白天黑夜之间，我没有找到战友的坟头
只找到一块无字的墓碑

在白纸黑字之间，我读到的所有诗篇
都不如眼前的这一块空白更有内涵

别小瞧了这一块石头
它是一匹战马的遗骸

别小瞧了这一匹白马
它是一位英雄的坐骑

别小瞧了这一位无名的英雄
他身上有千万人的影子

别小瞧了这一块空白
它装得下千言万语，沧海桑田

7.

据地质学家考证：黑龙江绥棱的白马石
其实是天外飞来的陨石

至于它是从哪颗星球上飞来的
还得请教天文学家

天文学家回答不了的问题

只能交给诗人了

诗人才能想象得出那壮丽的画面：
这冰凉的顽石，曾经是一颗弹尽粮绝的流星
它用最后的一点力气，点着了自己
耀眼的光焰，怎么看怎么像一匹鬃毛飘拂的白马
明明是悲剧，可马背上的骑手
分明还在欢快地吹着口哨，不像是受难
不像是陨落，更像是凯旋

"……一个义勇军
骑马走过他的家乡。
他回来：
敌人的头，
挂在铁枪上！"

隐喻的太行

李 皓(辽宁)

平地上走得久了,视线也会蒙尘
让一座大山,给我一个横断面
堵住我,让我仰望

雨季来临的时候,我们总是多愁善感
让干旱拧干我们身上的虚浮,拧干血脂
留一滴眼泪,给水渠

水到渠成的时候,我们肩并肩走来
像一块石头挤着另一块石头,你挤着我
确切地说,是搀扶

一些词语顺流而下的时候,红旗
正沿着悬崖峭壁,溯源而上
它能把一座山点燃,也能把你我点燃

在太行山,我听不到半点风声
林州的人们都说悄悄话,怕惊动山上的神祇
走动的甘霖,活脱脱都是命根子

患病的人啊,你的心脑血管里
必然缺少一杆旗帜的支架,缺一颗

太行石头的定心丸，缺一腔热血

用一座山捶打灵魂，用一条水渠
滋养皮囊，把骨头钉进肉体
生命里的大赦，业障总是分身有术

心 祭

成 路（陕西）

1.

清明已过。白团花正在开放
赣南，黔地的岭、山、江、河、坝地、寨子，与浓雾纠缠隐
与显都是瞬间的事情
恰在此时，我置身其中，把纷乱的万物推向旷野以远
恰在此时，摊开双手给灵魂一方出口，心祭典礼由此开始

2.

还是请出红
这革命的色料，与我并肩低首
雨水后的浮光，像沸腾的水银，像烧透乌云的烛火
幻化成队列
和着天籁的律动，夯打土地

这光，又是谁铸的火盆
我唯能从口袋里掏出一把谷物的种子撒进去
籽粒噼啪作响。我，默诵祭文——

3.

红黄织锦的牺牲带①悬挂在半空,等待着颈项

四月,
大地上的植物翠绿、黛绿、黄绿,枯草堆返青的嫩绿
如此八十年,如此带着血生长,而颈项呢

梅雨季的雨水浸蚀的山石,薄如刃
把时间割开
一角钱,或者二角钱;买盐巴的钱,或者买棺材的钱
还有姑娘置办嫁妆的钱
凝结成塔②。塔已重建,而颈项呢

一只鹰,从远方来的孤鹰
用喙叩击碑记,一下,一下
我看见鹰喙的血,如清水,如蒸馏过的清水
浸润过往年代创口的结痂

我,晚生之者
隔着展柜的玻璃猜想这腐朽的榆木枪托,锈蚀的铸铁枪栓
以及安静地躺着的马尾炸弹
从谁的手中,或者肩膀上遗落下来

可是，展柜像机密袋子，把它们，连同它们主人的体温藏匿了起来

还好，老房子的门心纸③还在
倚着门框，听风中门心纸的响动——祈福、祈吉祥、祈平安引子
　的老妇人
已成口传的经。我是听经人

——五件大袄。五个孩子穿上红军服时换下来的大袄
大袄已经冰凉，大袄温暖过的骨血在纳袄人之前已入土
——一方石头，一方在杀戮时轰倒的塔上的石头
石头上的"烈"字，成为记号，使旗帜，在飘扬时滴下陷入往昔
　的血液。

4.

孤鹰栖在我的肩上。它带着光

三千一百一
我背诵着在展览馆里遇见的编号④，奔波在村寨寻找属于它的持
　有者
其实，我是在打问战士乳牙吃过的奶

这个时候，请苍茫的大雾弥漫山岭
使我敲开的每一扇门都是第一扇
使我有勇气敲开另一扇门

三千一百一之前，或者之后的编号
在民间，也许奉祀，也许肥土

我，接力过这些编号，传给孤鹰，传给光

5.

在赣南，我学会一个词——报告

报告——
战况报告中牺牲的人员花名册中，不包含未登记的新战士

阻击、突击
这些尸骨叠加的名词，这些记载在史典的名词
在与时间角力

而我，深翻土地

翻出血的骨头，提问：你们叫什么名字

干吗要问呢
快用土掩埋土，留下宁静的广袤大野

报告——
这位，还有这位烈士没有遗像，也没有人能够描述清楚他们的容貌

纪念碑上一枚，又一枚党徽
嵌在指战员遗像的位置上。红色的党徽像吻痕

在山麓，我仰望
吻痕迷人。也看见一条路的肌理

这时，我向孤鹰叮咛
你在这里守值，或者贴着吻痕石化

报告——
天空蓝中飘移的云丝，像骨灰。取其一点，经过我的身子落在大
　　地上，给无名烈士，无遗像烈士穿衣戴帽

6.

坐下,坐下
在后梦冲口,在八舟河岸观察一座旧木桥⑤。风从桥上碾过,发出
　吱吱的声响,像急行军的脚步声

当然,也能听见——
侗寨火塘旁的手鼓声,芦笙声,无伴奏的大歌声

这些声响,像号音,像摔碎酒碗声
是迎接,还是送行的仪式

我唯能摁着侗家女送的花带,送亲人的花带,闭气静听

7.

是,我是听众的掉队者

在大山皱岭的青杠坡谷地,和退役的加农炮、坦克、飞机交流——
而它们冷眼对视我。这冷,犹如极地刺骨的风

我又说，伙计们，一起向山坡行注目礼吧
那里，曾经蓄满了血水，几万人的血水混在一起
肥沃今晨升起的太阳

此时，加农炮、坦克、飞机生出神秘的反光

8.

土城惠民街105号，门紧闭

我要求自己，站在盐返潮的石条上，规劝赤水河的惊涛骇浪声回
　　到河里去
这里，有八十年前休息的战友需要安静

我也知道，河岸旁的套船坑、拴船的象鼻子
不能把涛声囚管

那么，恳请路经此地的人，分出一点灵魂
和盐结晶成剔透的光。把光交给每年都要盛开的赤桐花

9.

花，开在辽阔的疆土上

在此，我在此
把赤水河扶直，点燃它，为我悼祭的灵照亮

① 红军战士识别带的又称。
② 叶坪红军烈士纪念塔——第一座中国工农红军纪念塔，1933年苏区军民全资募捐修建而成。1934年10月，红军主力长征后被国民党军队拆毁，群众把刻有"烈"字碑石隐藏起来，一直到全国解放。
③ 赣南地区在门额上贴的红色字符民俗。
④ 苏区红军家属优待证的编号。
⑤ 1934年12月下旬，红军长征路经黎平县少寨后梦冲，当地群众为红军搭建了此桥，故名"黎平少寨红军桥"。

种子奔跑
——写在八一建军节前

高鹏程（浙江）

1.

它在一片旧时代的枪声中孕育。从南昌城的狭窄巷道
到井冈山的崎岖小径
一粒被弹雨淬炼过的种子
擦出了星星一样的亮光

"星星之火，可以燎原"
一粒种子，怀抱着这样朴素的愿望
开始了救亡图存之旅

2.

一粒种子找到另一粒，接着又找到更多的
这些种子抱成团
辗转。迁徙。奔跑。它们经历了岷山最严酷的冰雪
经历了若尔盖草地苦水的浸泡
经历了炮火连天的洗礼
经历了无数的围追堵截

终于，在翻越最后一座大山之后
这些硕果仅存的种子
在十万黄土最深厚的地方，扎下了根

在最深的地层里，他们把自己变成火种
试图用自己的燃烧，来唤醒更多沉睡的种子

3.

这曾是怎样的一些种子

它也许是一些向日葵的种子
即使埋在黑暗的泥土里
也天然地带着对于光明的诉求

它也许是一些高粱的种子、大豆的种子
油菜花的种子——
在寒冷的季节里，它们学会了在黑暗中
默默收集体内的黄金
只等一缕春风的引信来引爆冬天

它还可能是一颗落进北方风雪瞳孔里的星辰

一粒埋在胸腔内的火星
一盏孤悬于漆黑海面上的微弱渔火

4.

被践踏过。被焚烧过
一个古老国度的土地板结了

这些原本安土重迁、安居乐业的种子
因为外族的入侵
因为连天的烽火，被迫开始了迁移和还击

这是怎样的征途
从公元1840年起，无数种子流离失所
无数种子，都在用尽气力
拱起坚硬的泥土

5.

面对异族的入侵，这些土生土长的种子
把自己变成子弹

压进愤怒的枪膛
试图在弹雨蹂躏后的土地上
开出一大片战地黄花

我曾经采访过其中一粒子弹，一粒年老的抗战种子：
你希望你的口径有多大
射程有多远
杀伤力有多强

他说
其实，一粒种子最大的梦想，就是代替子弹
住进枪管里
扳机扣动时，开出的不是鲜血，而是鲜花
留下的
不是废墟，而是花园

6.

经历了更多的炮火和磨难之后
这些重新变回种子的子弹
基因变得更加强大
毫无疑问，它们会开出更美的花，结出更大的果实

九十年。弹指一挥间
这些当年扎根黄土地的种子
早已生根发芽、枝繁叶茂

这些遍布于森林草原、河流大川
黄土沟壑，甚至荒漠戈壁的种子
像一道道绿色、坚固的屏障，护卫着一个古老国度的版图

7.

种子奔跑
这是一些和平年代也有硬骨头的种子
即便在汶川地震的废墟里，也是它们
首先挺出翠绿的芽尖
缝合着大地的裂隙

一粒种子，只要给它一只古老的火塘
就能抗住四周挤压过来的黑暗

只要给它一堆城市工地上的沙土
就能开出一个微型的春天

这些绿色茎秆里奇妙的血液
让我相信，只要给它一点活命的水
它就能顶开压在头顶上的泰山

8.

这究竟是怎样的一些种子

这是神农尝过的种子
后稷培育的种子
喂养过一个古老种族命脉的种子

这些来自洪荒年代的种子
带着祖先最优秀的基因
它可能来自夸父追逐过的那一轮太阳
也可能是女娲炼石补天时特意保留的火种

打开一粒种子
可以看到它河姆渡的祖父，荷花山的先祖，上山遗址的远祖

打开一粒种子
打开它黄河水色的外壳，打开它长江水色的肤质

可以看到，这些种子，携带着祖先秘密的谱系、亲情与血脉

这些纯正的种子，名字就叫：中国军人！中国人！

9.

在今天，这些古老的种子
正经历新一轮的核裂变、核聚变

如同那颗在泥土中沉睡了数千年的古莲子
重新吐出了芬芳

如同那一粒来自顺山集的稻种
已经遍布于古老国度的每一块版图

如同那一粒油菜花的种子
已经在一夜之间，给大地穿上黄金的盛装

种子奔跑

一粒读着哪吒闹海长大的孩子心里的种子在奔跑
长成了潜龙一号、潜龙二号
一粒听着嫦娥奔月长大的孩子心里的种子在奔跑

长成了神舟飞船和天宫一号
一粒种在山海经的传说里的种子在奔跑
长成了辽宁号航空母舰

种子奔跑
它在一个更新的纬度和经度
延续着一个古老民族的血脉和辉煌
延续着一个沧桑国度的光荣与梦想

10.

种子奔跑
它在原子内部跑
在一个种族秘密的基因谱系里面奔跑
在一个国度数千年文明的长河里奔跑

种子奔跑——
一粒微型的夸父在奔跑
无数个夸父在奔跑

……生生不息
它如此古老，却从不老去……

放眼祖国,我的歌声如此嘹亮

  郭 毅(四川)

从小,我就在你的怀里欢蹦、梦想
希望自己长高,去擦拭你尘土蒙面的圣洁脸膛
这一角的美丽,那一角血迹浸染的泥土
所交织的城镇和村庄,该是我珍惜的家乡

白天,和着升起的曙光,群山矗立的脊背
繁华如锦障,群鸟齐飞翔,来自古老歌曲的燧石小道
夜晚,星星眨眼,蛙鸣聒噪,闪烁萤火虫的光芒
混合着黑暗中婴儿吸乳飘来的奶香

且不说喜马拉雅山脉的冰霜,这黄河的泥沙
舒展的万里锦绣和金黄;这长江水纵驰千里
千古流芳;这江南的水田,稻穗扬花
迎着北方的麦浪,展现的肢体多么曲径悠长

那时,一颗小星星,也是我跟随的信仰
我懂得一粒粮食的珍贵,也知道为何握枪
一茬茬更新的土地,辽远在我站立的地方
手指沾满血迹和汗液,又在村前指出壮实的牛羊

今天,我终于虎背熊腰,把全部的力量运在手掌
这指缝间的每一缕光,透出的骨节和血脉

只为人民保持富裕的仰望，看到坚韧的守护
在一草一木上露珠闪亮，结满中国梦大大小小的渔网

我爱，就要大声歌唱，让世界撑开眼目
看清你美丽娇好的容貌。你脸上结晶的盐
每一粒坚固、完整的信仰谷粒，因为阳光，因为春天
不再孱弱、渺小，保持着祖国丰富的粮仓

重读赵一曼示儿信

石 英（北京）

明知已到了最后时刻
仅有的时间应以秒来计算
没有什么放不下的心事
只要求留下一封家信
这是特殊的母爱表达方式
对儿子一次性的终生关怀
笔体从容不迫，足见当事人
彼时的神情像出远门那么平静

在雪天里写的这信
雪封的大地就是整张信纸
信刚写罢，敌寇的枪声就响了
雪上的血滴凝成一行行文字
任狂风劲吹也揭不走
揭不走那对后世的警示和期待

几经辗转，到开春时节
这封信所幸终于到达
不只是烈士的遗孤
许许多多的有心人都读了
他们每个人倾洒的眼泪

都绽成了三月桃花

整个雪地浓缩成的信纸
点点血滴凝成的文字
纸巾读起来,字字句句
仿佛还透着当年的枪声

井冈山的红

熊 焱（四川）

这是万千份热血在沸腾着脉搏
这是万千颗丹心染红了革命的圣土
在井冈山，在十里天然长廊里
红红的杜鹃开放着一个民族生生不息的记忆

春风又红，十里密密匝匝的杜鹃灿然如火
大如碗口，小如纽扣
以五角的形状，开出岁月中最美的红
就像一排排整装待发的红军将士
露出军帽上闪闪发光的红色五角星
更像是当年红军在艰苦的环境中
用生命捍卫，用鲜血播下的革命火种
在春风中燃烧，映红了五百里井冈山的草木和天空
最后燎原成九百六十万平方公里的红

这是井冈山的红，是中国的红
是一代代华夏子孙血脉汹涌的红
像我们伟大而深厚的民族
越是饱饮风霜、历经苦难
就越是显出她美丽而浩博的色泽

毛泽东剪影（二首）

桂兴华（上海）

在上海甲秀里

你那双手一旦从韶山冲抽出，就来敲上海的门
作为开路先锋的一列，把二十世纪的夜轻轻叩动
是怕吵醒开慧怀中的孩子
还是怕惊动睡在楼上的友人

如果汉子们不是被厄运瓜分
你也许就当了教书先生，就像经常去夜校讲课的妻子
如果中国当时不是在风雨飘摇的船上
这四双碗筷，一定能放得平平稳稳

一个小山冲，开始了对于大城市的包围
多少道森严的门，被你大潮汹涌的思想推倒
今天，你还在敲历史的脑门

在古田

大雪纷纷在说：还没到春耕的季节

你却调控了会议,犁开了厚厚的冰层

中国这支军队,离不开田
从田出发,井冈山才能延伸到一把把稻谷、一枚枚绿叶
所谓解放,不是为了漫山遍野都能扬花吐香
政治和军事的全部内容,被农田一言道破
农田越是荒僻,越容易编入"泥腿子"最要紧的事业

风乘着一杆杆枪,丈量着古田村的田
你把稿纸当成了农田,麦秆一茎又一茎,油菜花一朵又一朵
汇成了《采桑子·重阳》里的艳黄一片
收割者,是旗帜上的那把镰刀

回到窑洞

杨建虎（宁夏）

初秋，离开高楼耸立的城市
我的双脚泊在故乡的大地上
我只愿这样，一次次
亲近草木和庄稼
让湛蓝的天，游动的云
不断刷想象的空间

避开炎热和浮躁
只愿，和你一起
回到冬暖夏凉的窑洞
一起，重温那些鲜活的场景、动人的故事
在祖国之一隅，只愿守住
这少有的宁静和美好

回到窑洞，一杆红顶着天空在飞
石磨、土墙、犬吠、鸡鸣
一只只野兔横越田野
蝴蝶围绕着花朵，流水冲刷时间
大地上奔跑的孩子

中国梦，西部情

鲁绪刚（陕西）

云朵沿春天的方向汹涌
悠扬的牧笛吹响了西部的长风
阳光在山川和牛羊成群的草地上追寻
浩荡的生命孕育出岁月的晨钟

世界很小，是一棵茁壮的红柳
凝结着日月的光华，吸吮着荒漠的倾诉
它那挺拔的过程惊散了雪山飞鹫
而在人类弯曲的脊背上
又是使我们最能接近真理的鞭子
大西部，整个世界就陷入了你的掌心
陷入你青春的昭示之辞

荒漠很大，是一种象征
这象征粗犷，像剽悍的英雄
在我们生存的空间领域里
把每一座繁华的城市挤成了小巧的积木
我们活着，像角落里的音符
跳荡的旋律充满了渴望旷达的主题
充满了天山和秦岭的雄魂

其实我们的生活就是信天游

在黄河宽厚的掌心里
喝醉了绿油油的阳光雨露
亮透了一颗心。掌心之外,我们燃烧自己
大西部,你美丽的回声是贡嘎山的雪崩
在我们的皮肤上写满了光与影的碎片
就像秦岭的松涛,照亮童年的歌谣
沿着山峰的轮廓往西走
驼铃拓宽了灵魂沙漠的道路

你亲切的诉说有如黄河两岸的村庄
听懂了内心慈爱的花朵
西部用身上的创伤读懂了命运的感慨
没有什么比亲情更让我们脆弱
没有什么比贫穷更让我们坚韧
你的宽容是我们最终的落寞和悔恨
你坦荡的尊严冶炼我们坦荡的人生
你缄默的情怀养肥我们藤蔓一样的年华
你的喧哗恰似我们对生活的感恩

大西部,以怎样的生命面临你
像面临一面旗帜,一幅画布
我们在荒寂上发掘生存的盐卤

在漫长的丝绸之路上寻找着出口
西出阳关，阳关路迢迢
我们的呼吸都将充满奶茶清甜的滋味
并为你的庄严和神圣激动

我们的血液流淌着黄河的颜色
长江是西部赖以生存的兄弟
在丈量着西部山川盆地的博大与恢宏
命运的桨橹，划开险滩和礁石
大西部，如果你是港湾，我是浪子
你春天的桃花将盛开起航的帆影

当我们飘泊的灵魂在这里找到归宿
高原的阳光，在我们的眼里盈满了深邃
没有什么更能证明青藏高原的迤逦
也没有什么更能证明驼铃和红柳的距离
于是我们倾身西部，受到召唤
就像我们内心深处长期的呐喊
清贫的母亲只用一种光亮充饥
然后洗刷黑暗和噩梦
如今，我们看见黎明活在每一棵庄稼上
举起露珠擦亮了西部

看见一些纷纷赶来种植黄金的人们
正昂首风中,像凝聚在犁铧上的火焰

就像所有的梦,都要靠家园支撑
让人联想起白桦林正直而又忠诚的姿势
以及深埋在泥土之下繁盛的根系
那些白骨,纯粹的背景
由于更生所焕发的辉煌的过程

大西部,我们是被你加冕过的儿女
你的未来就是对我们的全部预言
我们耕耘的刀锋将被你深植到骨头
割掉虚伪的部分,然后
在青春的年华里,璀璨,闪烁

晴空下

王夫刚（山东）

秋日的晴空下，一群孩子奔跑着
他们的可爱大于想象
他们是山河花朵，在绽放
他们是一个比喻反复擦拭
比时间勤奋的尘埃
生活好像童话，但光阴不在
钟表里——秋日的晴空下
一群孩子奔跑着
被传递的快乐打乱散步者的
节奏，大地似曾相识
成长有恃无恐——
秋日的晴空下，一群孩子
奔跑着，无名广场有时
孤独而安静，有时
孤独而不安静，无言的
余晖，在一个山东人的诗篇中取消了命运

西柏坡

崔国发（安徽）

这个地名，装订在历史的某个章节中
闪烁着春天绚丽的华彩
一个以翠柏命名的村庄
深入到，我们的生命深处
并且铭刻：朴素而崇高的信仰
中间的那个柏字，在风中站立
将力量的昂奋
伸向明朗的天空
苍劲的枝干，昭示着一种韧性
沐浴着阳光雨露，所有的笑脸
都飘起了彩霞
在那面高高的山坡上，一个自强的民族
正在茁壮。植根民间的土壤
人民是直系血亲
踏着硝烟穿过弹雨，从如火如荼的岁月中
把龙的东方神韵定格成永恒
披一袭风尘，松柏
用坚劲的脊梁，托举起幸福与富强
你的名字是一片绿色
崛起！你的巍峨与挺拔
峥嵘与葱茏，生动成
革命的画册中壮丽的风景

诗人眼里的动词

夏海涛（山东）

如果诗人是一滴水
那么他心里滴落的诗句
就是珍珠的光，夜露的晶莹

第一滴是泉水的叮咚
花一一开，叶丰满地绿
柳树谦逊地垂首
清澈向着空中喷涌
向上的泉水指引着城的走向

第二滴是海浪的轰鸣
水打着潮汐的节拍
划着弯弯曲曲的海岸线
足够分量的盐簇拥着海风
海港的灯塔，打着遮阳的手势
看潮水一次次到来又一次次离去

第三滴是黄色的低吟
从 5000 米的高度呼啸而下
黄河在这里慢了下来
低下身子
用一支古香古色的狼毫笔

写下沧海桑田的草楷篆隶

第四滴是最高山上滑下的月光
凡是无法称量的精神
就压上泰山这个秤砣
让所有的物质失去重量

第五滴是一个老人的微笑
他低下头
在杏坛上念着汉语
他的名字就像平原上的一座丘峰
离人间很近
却永远高出先知的距离

诗人眼里的水，有着纯粹的颜色
一种是海洋蓝色的包容和开放
一种是黄河三角洲
那支射出的黄色箭镞

诗人眼里的长度
是最短和最长的集合
从悠久的远古，到电子时代的幺米

时间走着最短的距离

诗人眼里的山东已不再是名词
而是滚烫的形容词
是火热激情的代称
——这时候的山东
已经变成一个
无可争议的动词

献辞中国

堆 雪（新疆）

这，是一条大河的脉搏
这，是一段长城的骨骼
这是一部绵延万里的史记
这是一支传唱千年的民歌

甲骨竹简，刀刻春秋
兽皮宣纸，线装列国
奔跑的血脉与薪火，传递着
铁马秋风、青灯黄卷的岁月

庙堂三炷香，腹中一碇墨
大学、中庸、师说、子曰
千年后，谁还念念不忘
骑牛出关的老子，牵驴驮书的东郭

屈原问天，天上应有列缺
李白释酒，酒中必有孤绝
南山东篱菊花开，开着谁
半世的灯火、一生的心血

梦里人烟少，酒中蜃楼多
古道长亭，廊檐碑刻

不都是发自肺腑的独白
不都是
耸入云端的黄鹤楼
倒映水中的滕王阁

刘邦项羽，汉界楚河
吴越软语，燕赵悲歌
是谁揭开历史深处的积怨沉疴
点燃，照亮宫阙农舍的风俗野火

英雄弹铗，文人泼墨
干戈对仗，烟雨平仄
世事风云变幻，大起大落
却也
移不走，扎根心头的万年青
拭不去，飘落额角的千秋雪

鼓角相闻，旌旗错叠
雨里城邦，风中村落
当失控的欲火席卷旷野
谁的梦，在扭曲的版图上被车裂肢解

血肉揭竿，精神拔节
风雨兼程，负重求索
在饥饿与死神比肩的时代
多少人依旧在恢宏的天地间
浸注肝胆，搭建骨骼

野花梳妆，听琴风悠然远去
尘埃落定，看篝火噼啪剥落
当先哲的目光在信念的熔炉里渐渐熄灭
手里还攥着半截，沉甸甸的铁

握三尺青锋在手，舞风雨雷电于胸
让山岳丛林在心头集结
任百舸千帆打眼底驶过
让那感天动地的滚雷
打开季节万马奔腾的肺活量
大声宣布：又一个世纪的辽阔

中国，中国
当您不再沉默，慷慨表白
当您拍案而起，击节而歌
历史的悬棺上，仍能听见灵魂的叹息

时代的罗盘里，还能看到命运的漩涡

携女娲补天之爱、精卫填海之博
以长江精血之清、黄河热泪之浊
将那来自九霄云外、地壳深处的咆哮
向着无边的汪洋宣泄

五千年的修行，一万年的星座
花轿马车，鸿鹄信鸽
驮不走的，还是那
历史的天空上，定格的云朵
时光的砚台里，沉淀的水墨

额倚昆仑雄狮醒，眼望东方巨龙卧
今天，让我们用加粗的喉咙、放大的胸廓
守望您——血脉深处的中国
高出灵魂的，依旧是您
雷打不动的表情，闪电加冕的王座

当初，我在园子里种下葵花时

史一帆（浙江）

当初，我在园子里种下葵花时
并不留意她们的数量
我只想看到她们怒放的生命
孩子般灿烂的微笑
战友用《五十六个民族五十六朵花》
高唱祖国。我只想用
一幅田园风光描述我的诗意生活

巧合的是：当我伫立屋顶上细数时
围着我排列的也恰好是五十六朵
既然是这样，索性就那样：
我请上摄影师，选个好日子
就在国庆节，留个好纪念
我还要买面五星红旗
就在我屋顶上高高升起

我这样计划着。日子一天一天过去了
葵花也的确一阵比一阵怒放过
我几乎天天与她们照面，她们灿烂阳光，低头屈尊的
微笑，好生让我倍感亲切

那段时间：我不写无关痛痒的文字

不看无关紧要的书；起床当个巡视员：
向菜花问好，向树将军敬礼
出户，刨地种菜，出门，良犬随行
自给自足，自娱自乐

转眼秋天将至，当我近距离触摸葵花时
她们都已结籽：但她们的躯干都已弯曲，她们屈尊鞠躬尽瘁的样子
　多像我们的人民。

我知道她们的使命已完成。而我的
颂歌刚开始：就在国庆节，升上这面旗

祖国,我为您拉纤

张鲜明(河南)

祖国啊
您是一条远航的船
喜马拉雅是高高的桅杆
渤海、黄海、东海和南海是蓝色的风帆
四大洋是您通向世界的港湾
七大洲是您连接全球的口岸
"一带一路"是您新的航线
看啊,咱们的中国号
正迎着冉冉升起的朝阳
满载中华民族伟大复兴的梦想
向前
前方,是比天空还要高远
还要高远的
地平线
看啊,咱们的中国号
跨激流
过险滩
全力驶向光明幸福的彼岸
这是一次新的长征啊
咱们的船长
发出了
川江号子般动人心魄的呐喊:

"撸起袖子加油干"

撸起袖子加油干
撸起袖子加油干
高山听到了
金色的群峰撸起袖子
大河听到了
化作滚滚滔滔的输油管
中原大地听到了
听到了啊
一亿颗火热的心
狂跳着
如惊涛拍岸:
"祖国啊,我们撸起袖子,
为您拉纤,
为您拉纤"

拉纤
拉纤
拉纤
祖国啊
我们的大中原
是担得起这个责任的

你看，我们的纤绳是会飞的啊——
郑州航空港经济综合试验区
中国（郑州）跨境电子商务综合试验区
国家级互联网骨干直联点
将机翼、数据、网络合成一股
飞翔的，闪回的，通天的
巨型线缆
一头连着大地
一头拴在云端
有这样的纤绳在手
咱能让天空飞旋
你看，我们的纤绳是会跑的啊——
米字形高速铁路网
中欧班列
还有功能性口岸
正在合成一股
飞奔的，穿梭的，腾挪的
巨型线缆
贯穿东与西
连接北与南
有这样的纤绳在手
咱就有了撬动地球的杠杆

还有，还有，还有
郑洛新国家自主创新示范区
中国（河南）自由贸易试验区
金融豫军
中国制造2025河南行动
"百千万"亿级优势产业集群
一根又一根充满魔力的纤绳
代表中原大地发言：
我们能行
我们能干

啊啊，我们的大中原
就这样
撸起袖子
冲在前面
看啊
城镇跳高
乡村奔跑
每一块泥土
都长出了翅膀
每一株草木和庄稼
都听到了动员
听啊

这是中原儿女在呐喊：
祖国啊
我知道自己的责任
我懂得您的期盼
那么，就让我——
怀着太阳一样滚烫的心
睁开月亮一样清澈的眼
以嵩山为颅
以黄河为腿
以太行为臂
以伏牛为肩
看准路
埋下头
撸起袖子
纤绳在肩
加油
加油
向前
向前
祖国啊
我，为您拉纤
我，为您拉纤

信仰之旅

散 皮（山东）

像当年怀揣梦想的青年
一腔热血奔赴延安
像当家做主的翻身农奴
聚上天安门争相一睹毛主席容颜
我们，党校研究生学子
满怀崇敬，参观中央党校
这个哺育中国革命和成长的摇篮
像一群燕子，奔向春天
从校史馆、雕塑群到红馆
从"我们的老校长"毛泽东
到"实事求是"的校训面前
从曲折探索的漫漫征程
到习近平不忘初心、继续前进的召唤
热血沸腾，仅仅表达了我们的崇敬
激情澎湃，只是昭显了我们奔赴征程的果敢
需要我们作为一滴水
汇入党的历史海洋，催波助澜
需要我们拧成一股绳
拴起千千万万对美好生活的期盼
作为一名党员
我们已将信念的风帆撑满
作为一个学子
崇高的使命在我们心底呼唤：
东风备，旗已展，向前，向前，向前

今夜，我有幅员辽阔的爱

陈劲松（青海）

由一片雪花开始，我热爱所有游移的灯盏
它们用小小的光芒，照亮了每一条漂泊的路

由一棵小草开始，我热爱远处辽阔的草原
它们既小心地藏好每一颗露珠
又安放好了闪电的灯盏
由一豆摇曳的烛光开始，我热爱这茂盛的人间烟火
它们既驱散了一个人内心的寒冷
又搭救了横行人间的凉
由一小片的月光开始，我热爱天空中那枚孤独的月亮
它多像一个人被时光吹凉的背影啊

由脚下的这一小块土地开始
我热爱这二百五十万平方公里的荒原
热爱它二百五十万平方公里的寂静
也热爱它二百五十万平方公里的荒凉
由二百五十万平方公里的荒原开始
我热爱我九百六十万平方公里的祖国
我爱她黄土的肌肤，也爱她大山的脊梁
我要用月光干净的手指，一平方厘米一平方厘米地
去爱它，我要用春风的手指
一平方厘米一平方厘米地去爱它……

由这个冬夜开始,我热爱生活着的每一天
既热爱每一个白天,也热爱
安放了我睡眠与梦的每一个夜晚
如果加起来,我是否就拥有了双倍的热爱

今夜,我有幅员辽阔的爱
我要给我的每一首诗歌
都佩戴上这枚,叫作热爱的徽章
哦,我的爱
它远比这首诗歌
更值得这苍凉的人间珍藏

强渡大渡河纪念碑

赵晓梦（四川）

一刀下去
这是谁的脸
站在大渡河畔的广场上
风不停地问——他是谁

笨拙的花岗岩石
收留了他翻山越岭的脚步
那双瞪大的眼睛被重新雕刻
瞄准大渡河汹涌的波涛

阳光打在他的脸上
保存了年轻的模样
这是米开朗基罗的天空
在夏日的滚烫中破除硝烟

当坚硬的帽檐有了阴影
风拧紧了渡河者浓密的眉毛
靠在巍崖的战士像要张开嘴唇
——我不得不活着——以他的名字

祖 国

印子君（四川）

当别人把你比作大树
我却希望你是一株小草
——青翠碧绿、活泼谦逊
当别人把你比作大海
我却希望你是一条小溪
——潺潺流动、一路歌吟
当别人把你比作高山
我却希望你是一片平原
——田畴万里、炊烟升腾
当别人把你比作母亲
我却希望你是一位姐姐
——青春靓丽、大方聪颖
当别人把你比作太阳
我却希望你是一盏台灯
——引我走过长夜、照我回到心灵
我还希望你是一颗颗露珠
晶莹每一个早晨
我还希望你是一滴滴热泪
滋润我干涩的眼睛
我还希望你是一根根指头
弹响我这把蒙尘的竖琴
我还希望你是一群群鸽子

擦净和平的天空浮起的阴云
我还希望你是一张张纸页
让我写上对爱的刻骨铭心
我还希望你是一帧帧视频
可以面对面向你倾诉衷情
最后，我不再无限希望你了
我仅仅希望，希望你要求我——
做一个真实而普通的人
做一个自尊而幸福的人

动车疾驰

支 禄(新疆)

> 2014年11月16日，D8602次列车驶出乌鲁木齐南站，风驰电掣向哈密方向驶去……
> ——题记

动车疾驰，人在飞

低下的地方
去大桥上，顶天立地的飞
遇到堵挡时
一声长长的笛鸣
穿越山洞，牛气冲天地飞
贴在荒原上
还不是梦
贴在钢轨上，壮阔地飞

动车疾驰，穿过戈壁
也就穿过大漠落日圆
穿过玉门关扑面而来的春风
一路向前
在千树万树
流绿播韵的杨柳中飞
葡萄在火焰中
动车就裹着如云的甜蜜飞

动车疾驰，抬起头
太阳在飞
还不是暖暖的日子在不停地飞

心情在草尖上飞
鼓槌在鼓面上飞
手指在热瓦甫的丝弦上飞
嘴巴在铜箫上飞
人围着灶台，歌声在
锅碗瓢盆间飞
柴米油盐在眉间飞
米粒大小的事
一路上，人在唱，歌在飞

动车疾驰
在疾飞中，已是前程似锦

高速路上我是一位普通的员工

纪文涛（河南）

高速路上我是一位普通的员工
我敬业的空间很狭小，只有几个平米
但我心胸豁达，我情感火红
我用敬业和忠诚的付出与躬行
为十九大的胜利召开，献上我的企盼与赤诚

我深深地知道，真切地读懂
我平凡而忙碌的工作
是劳动星空中的一颗耀眼星辰
我的闪烁凝聚成的潜能与结晶
无可估量，难以想象的威力无穷

我远离喧嚣与城镇
我告别朋友与亲人
单调和枯燥的操作与流程
面对来来往往的车流和喇叭之声
面对寒来暑往的道路与桥梁涵洞

一个规范的动作和手语
一句温暖的提醒和热情
一丝微笑的祝福和问候
一次误解的忍耐和宽容

将我们行业的宗旨和作风
将我们系统的职能和精神
用我们的风采传递，用我们的心灵沟通

我多么想把每一个小小的窗口
作为典范和正能，作为礼仪和文明
将和谐与春风从这里播植
将敬业与奉献从这里传诵
使每一道车次记着我们
使每一声鸣笛信赖我们

通过我们的窗口就会抵达祖国的
四面八方，大江南北，城市乡村
经过我们的窗口就会感受高速的
神州驰骋，交织纵横，跨海越岭
每一个服务区里设施齐备，想你所想，急人所急
草绿花红，服务超群，憩息温馨

每当夜深人静之时
我不能有丝毫的懈怠和倦意
每当车流滞涩之时
我不能有些许的烦躁和怨气

每当汽笛误解之时
我不能有略微的不恭和过激
每当车轮脱缰之时
我不能有一丝的恐惧和放松

我深知我的信仰与天职
我深知我的尊严与神圣
已深深地融入了我钟爱的事业
已重重地刻入了我美丽的心灵

用我的担当与激情
用我的执着与忠诚
用我的品质和魅力
用我的信念和坚定
坦然面对风雨与乌云
泰然处之邪恶与矛盾

每当普通超越普通的境界
每当平凡跨越平凡的心动
以小积大，以大积盛
以点拓面，以面拓穹

那时我就可以骄傲地说
听党话，跟党走，铁骨铮铮
那时我就可以自豪地说
践誓言，大作为，不辱使命

我已成为"中国梦"的追梦人
我已成为正能量的发力人
我用高速路上一位普通员工的辛劳与打拼
我用高速路上一位优秀员工的汗水与耕耘
为党的十九大胜利召开
奉上我的恪尽职守与敬畏虔诚
献上我的金色年华与无悔人生

七 月

吕 厉(四川)

艾草呀灰白
菩提呀黛绿
南瓜呀金黄

像涅槃的莲
七月闪耀着稻谷的芬芳
星星汹涌如滚烫的经文
独自呢喃

高粱呀酡红
玉米呀油亮
苍天呀湛蓝

飞扬的云彩
磨亮了镰刀铁锤
和奔腾的马蹄

瞻 仰
——在毛泽东纪念堂

梁尔源（湖南）

韶峰用石三伢子这个乳名
轻轻唤您
就会闻到故乡泥土的芳香

我在用纯正的湘乡土话祈祷
让您在梦里仍有辣椒子红烧肉的奢侈

我蹑手蹑脚，只想让您多睡一会儿
那安详的神态
可以多补回那些在山岗、草地、窑洞和二十四史的圈点中
耽搁了的瞌睡

水晶棺让您透彻
一个伟大灵魂
激励我们前行

祖国,我坐在你台阶上仰望星空(组诗)

任怀强(山东)

每一条河流都是我的母亲
每一条河流都挽手在大地的怀里
每一条河流都藏在我每一条血脉里
每一条血脉都深深记着祖国——你
每一座山峦都是我的征途
每一座山峦都彼此追赶
每一座山峦都在时空的注目中
祖国,每一步我都感到知足
我一直坐在你台阶上仰望星空
蓝色一直罩着
广阔深沉的大地
祖国,我一直坐在你台阶上仰望星空
这些王冠上的珠子
祖国,你自信戴在头顶
这个世界无法忽视的王者归来

山顶上红旗飘扬

阿 华（山东）

山顶上红旗飘扬，你一定看到了霞光
你也一定看清了
血的颜色，星的亮度

山顶上红旗飘扬，你也一定听到了
冲锋的号角，奔腾的马蹄
它们在晨光中渐渐隐去

一个声音在说："沿途灌木倒下
沿途碑林耸立，那些在炮火中隐去姓名的人
选择在草地里藏身……"

又一个声音在说："花朵开放了
总也不想凋谢的季节啊
每个人的血液里都能流淌着红河"

篝火点起来，就总也不会熄灭的季节啊
每一个人都想做扑火的飞蛾

看哪，小锣鼓敲起来了

铜唢呐吹起来了，红色的绸缎舞起来了

看哪，逢春的古藤，开花的铁树
它们都以不同的方式，讲述着
长征路上的这次伟大的会师

在城市：想象一场电影和一座碑（外一章）

徐澄泉（四川）

秋雨绵绵。

一座城市的腹地。英雄的事迹正在发生。英雄扣动扳机，以响亮的声音击倒罪恶的荆棘；同时，一棵高大的树倒下了。轰轰烈烈的高潮，弥漫城市上空，弥漫英雄心中和平的土地。

英雄这样站着。

喧嚣的市声，在英雄深邃的目光里逐渐遥远。鸽子已经回巢，闲散地栖息在山上、楼上和碑上。人群经过英雄的视线，走上回家的路。他们涟涟的泪水，洒落在秋夜的雨景里。

英雄，就这样站着。

夹金山下：红军小道伸向远方

硗碛藏乡，夹金山下。

十一月，早上的露水开成一朵朵好看的冰凌花，把红军小道上凭吊的旅人，步步引向故事的深处。

向上。沿着1935年的羊肠小道，脚步铿锵。

向上。大把大把的阳光恣意挥洒，晶莹剔透的溪水纵横驰骋，源自雪山的歌声汩汩而淌。

我向列队的苍松和悠闲的白云深鞠一躬。

猛抬头，就抵达了一只鹰的高度，抚摩到夹金山闪光的额头。

红军小道弯曲着，坎坷着，努力向上。

向上，向上，直抵——

路的尽头，想象的远方！

重返丝绸之路

杨启刚（贵州）

夜色深沉，孤灯难眠，我们需要经常翻阅与自省
我们要打开被历史尘封已久的莫高窟
曾经的痛楚，那心灵上的结痂，沙漠里的绿洲
以及一条大道的走向，都是我们回望的星光与理由
而我今夜，在"一带一路"的引领下，再次穿越时空
回到大唐，回到盛世，回到长安，回到内心深处的祈望

张骞、班超、玄奘、郑和……你们没有被遗忘
楼兰、龟兹、姑墨、鄯善、且末、精绝、于阗、疏勒……
一个个令人遐想联翩的古城名字，在子夜时分醒来
串联起一条举世闻名的丝绸之路
串联起曾经的骄傲与辉煌
这条穿越高山和低谷，穿越黄沙与绿洲的丝绸之路
将欧亚内陆几大地连接起来

来自西域的人们啊，具有不同文化传统的人们
昼夜兼程，纷纷奔向传说中那块神奇的土地
——中国，驼铃叮当的商人成群结队地走过
掘金者，各国高人，都跋山涉水前来寻找机会
前来寻找东方的荣耀，长安城里
大街深阔，华灯初上
不同语言的人们，相互沟通交流

衣香鬓影，摩肩接踵
在漫长而又曲折的丝绸之路上，推动着历史前进
留下他们一生的向往，那天堂般的东方
东方的中国啊，散发着钻石的光芒

故国啊，你曾经错过了大航海时代
今天，你重新校正了历史的坐标
你正在重返世界舞台的中央
你为了开拓生存空间，寻找广阔世界的版图
追求文明和财富的交流，追求高山与湖泊的牵手
又熊熊燃烧起了两千年的人类精神
一条新的丝绸之路，正在一个大国铺展开来
"一带一路"，路的前方，广阔的波涛
正翻滚着阵阵春潮，汹涌而来

伟大的生日

邓德舜（四川）

每年的"七一"和"十一"，我总会情不自禁
默念，呼唤，说唱，书写你们的名字
我把这两个日子看得很重，像是
伟大母亲和父亲的生日

我洗净祖辈曾经画过长辫子小裹脚和烟枪的画笔
蘸上崭新颜料，画出1921年定格的中国红色胎记
画南湖红船产生的中国舵手热血澎湃的思想光芒
画一条红船变成千万条扬帆出征势不可挡的宏伟画面
画改革开放大旗指引中国巨轮飞船征战海天的信心与勇气

我清亮父辈遗传的或用于呐喊的嗓子，激情诵读震撼世界的
1949年开国大典领袖宣言和两弹一星的声波
高唱贯穿长征和新长征从救亡图存到民族振兴，从积贫积弱到繁
　荣富强的中国国歌进行曲
吟唱香港澳门回归繁荣的生命张力和祖国蒸蒸日上人民快乐时尚
　的艺术弹性
问切望闻海峡对岸的迷茫躁动伤痛等待和涅槃之期

我扳指数数，从一到九千九百九，一个数字就是一个梦想
一个人物，一个步伐，一个阶梯，一个难关，一个希望
我数大事业大风雨大情爱大数据的大道路和大真理

数中国制造领跑世界的高铁速度和量子风流
数脱贫攻坚日新月异的星星乡村百花城市和网络国度
数砥砺奋进攻坚克难经典案例引人入胜的激情感性和理性

我与地球村亲人同学朋友战友和对手把盏
把动感阳光自然空气太极山水斟满酒杯
把壮美草原婀娜江南高山流水知音斟满酒杯
把琴棋书画茶道广场舞健康活力文化湿地韵律斟满酒杯
把百姓梦"中国梦"民族复兴龙飞凤舞的豪迈气概斟满酒杯

我填词写诗，惯用方块字的品格和性情，直面阴阳
自我诊疗，激扬文字，写坚守初心的坦诚坚毅和执着
写长城内外大江南北海纳百川有容乃大的中国功夫与气度
写黄河长江黄钟大吕东海南海惊涛拍岸的力量与智慧
写一个梦和十三亿个梦同脉共振的和谐与精彩
写"一带一路"伴飞的蜂蝶赞叹丝绸里的彩虹和闪电
起承转合把古丝语变成时代音符灵动飞舞的和弦与华章

遵义会议

王兴伟（贵州）

应该有一盆火，火势由小到大
应该有几把木椅子，没有油漆，略显破旧的板面向上
应该有一群人，他们围城一圈

冷空气退至墙角
应该有讨论与争吵的声音
结局显而易见
一页发黄的纸上，密密麻麻记着
生命、信仰、中国革命的岔路口
生死攸关的红，流动的方向

应该有一声长长的叹息
来自杨柳街，那些发芽的杨柳
应该有一山灿烂的杜鹃红遍遵义

应该记住那个古老的官邸
应该记住一把手枪，一些鲜活的面孔
应该让后来的人知道
这一切，都绝对真实

马蹄向前，一粒呼啸的子弹
抑或，一个表决的词
都可以写成，一部厚厚的心灵史

大渡河,靠近史诗的路(二首)

黎 阳(四川)

石棉,我在大渡河边聆听涛声依旧

遥远的呼吸中剪裁一道晨光
在波澜起伏的水珠里
守望书卷
沉默在记忆的木船和筏子
脚步站了出来
把一双双追赶春天的大手笔
从人在囧途摆渡到雄鸡一声鸣

安顺场,只有过分的河水挽留了石达开
和另外一群离心离德的太平军
沉湎河卵石之下

这是一颗闪亮的红星

一滴水就是一个泅渡的士兵
一艘木船容纳未来的艋
在冲锋号角声里

大渡河不停地咆哮，不停地抗争

这是一颗闪亮的红星
从革命的襁褓里
从青春的氤氲中
闪出一道醒目的光
照耀着中国人的前世今生
大渡河的笑声里，脚步也会停在
硝烟弥漫的顿号上，看一眼
无垠的山峰，看一眼脚下雨季的泥泞

生命不歇，足迹就会永远留在所有的渡口

灯 塔

陈广德（山东）

亮起来了！把毕生的期盼
一点点汇聚，只有
如此宽阔的脉动才能汇聚出
这种坚韧，刺破暗夜
树立起一种和意志相连的
仰望

——是梦中的枝，结出金色的
果。在天海之间
提炼热爱、信仰和光芒的
模样，并且
一次次，唤醒黎明的啼叫，引来
阳光

灯塔！让所有的过往乘风破浪
让所有的水波
都在舞台的追光里
揭开封条，播放有声有色的
向往。一遍遍
舒展开来的，是在那艘大船

走来的路上长出的
坦荡

千年不变！只为那束
在血与火的
锻造中形成的执念，以及向远处
不断铺开的思想

战 士

左 右(陕西)

远逝的身体里潜伏着铿锵的火。七十年前的灰尘
在时空里躲避枪弹,无惧无畏。夜在灯下翻书
风将凌乱的往昔,来回翻阅

五星红旗上辉映着一连串勇敢的名姓。弯曲的笔画
勾勒黎明感人至情的深壑。我听见
白鸽与海鸥,在为胜利凯歌

太熟悉。我熟悉他们的泪水和鲜血。就像怒涛
拍打礁石时,将入侵者与干扰者的咽喉
无情撕开

——这些用肉躯建筑信念的战士!他们将无数个
昨天码成今天,将今天码成明天,将明天码成未来
将破败不堪的大地,灰尘滚滚的天空,千疮百孔的中国
一寸一寸,满怀憧憬地码了起来

此刻,我用诗句,码起了属于他们的王国与颂歌
此刻,战火已熄,世界共和
此刻,香火正旺,岁月静好

长征不朽（二章）

周小平（四川）

彝之歌

血，一滴一滴，滴……下……

洇红了，一对瓷盅里的水酒。倒映了同一个呼吸急促的蓝天，倒扣了同一片高浓度的云彩。

一个海子，一个以彝命名的、仅平方公里的海子。从此，流出凉山。从此，流出地图。

流淌在世上，代代相传的嘴里……

——小叶丹！一个永远叫不老的名字。

——刘伯承！一代军人屹立挺拔的高度。

歃血誓言，心中的太阳撵跑了天空的乌云。彝海结盟，干戈收敛的锋芒打出了玉帛漂亮的手势。

却道天凉，好个夏！凉山深处在飞花。彝海为媒，见证了胸襟的宽阔与清亮；冕山为凭，见证了丹心的赤诚与雄壮。

面对相同的苦难，紧紧握住了似曾相识的双手！

放眼远山的呼唤，抬起了朝向一致的步伐！

安顺场

善良的地点从善良的愿望出发，祈求：

——在这大渡河由北向南大转弯向东的地方，流畅地行走，平安，顺利。

那一年夏天，乌云若磐砸向大地，冷雨似箭射中村庄。

风儿，裸奔着身子。波涛，完全疯状，扯掉衣服，上演一场惊世骇俗！

于是，缴械了一个翼王，水葬了一群一路南来辗转向北的人。

摆下了又一个水淹七军的案例。

七十二年后，历史翻盘惊人的轮回。

一叶孤舟，十八将士，四位船工，简装成：前锋的刀口。

马刀的光泽，黯淡了浪尖上咆哮的锋利；马刀上的勇气，撕破了弹雨编织的火力。而船工的双手，则巧妙地闪过恶浪狂澜的强攻与偷袭，舵手炯炯的一对大眼，识破了漩涡的伎俩与暗流的险恶……

同一河流，同一场景，涛声诉说着水能载舟水能覆舟的不同，以及那些水里所消化的故事！

歌声里的宣言与丰碑

方志英（四川）

生命之火该怎样在大地燃烧
理想之光应如何在前方闪烁

父亲是老共产党员
我们从小就跟父亲学唱
《没有共产党就没有新中国》
这支歌伴随工人老大哥的父亲
走过千山万水

父亲最大的理想就是去天安门
他指给我们看早晨初升的太阳
这是一种势如破竹的力量
一块块浮雕穿过烈火、咆哮黄河的力量

黎明的道路上我们声声传唱
小学老师的母亲不是共产党员
心里却飞出很多革命的歌
每当我们唱起《党啊，亲爱的妈妈》
她就双手叉腰掩不住得意
我们家，党就是勤劳勇敢的母亲

后来我们会唱许多流行歌曲

但这两首歌钻石般清晰在记忆深处
父母心里的光从未熄灭
我们心里的明珠
在夜里梦里永远闪亮而璀璨

无论沧海抑或桑田，红旗下的父亲母亲啊
让我们从小就记住了那些永恒的真理
你们哺育出的儿女就像饱满的谷穗
那些会唱歌的石头，会开花的石头
也装在我女儿心里
它将铸造百年来的宣言与丰碑

纪念章

龚 璇（江苏）

无须黄河激浪。看着铜质纪念章
老兵，止不住热泪盈眶
此刻，它已洗净弹壳的屈辱
久违的荣光，与宝塔山的太阳
亲密会晤，谁还在悔恨忠诚的代价

南山坡上，凝露的枝叶
簇拥芳菲的生命，在这个橄榄绿的季节
不再漂泊心灵的尘埃
白鸽纷至沓来，邀约天空的彩虹
扑闪斑斓的翅膀，忍不住窃窃私语

飞，就飞得更高一些
今天，我将清理无绪的秋风
超度荒芜的心境
鸟瞰一切不存在的冷落
以历史的鹅毛笔，大胆书画
一弯月镰，与金锤的意象
在五星照耀下
为沉甸甸的纪念章，浓彩重墨
它收藏了所有的悲苦，不再封闭自己的心
以对花与草的信赖，郁葱田野与荒滩

拒绝某些尊严的失落

我想起一棵小草
与一朵小花的命运。谁的鄙视
会以流泪的方式
遗憾一生

天安门

邓太忠（四川）

只想问你
进与出有什么要领
华表所指的方向，告诉我
你与长城结下的缘分
生动依然
又略显深沉
在你面前，时间
穿过虫洞的深邃
然后，梦回千年
风光成为梦境
我成为你匆匆飘过的
一朵白云

天安门，从你
风雨中一贯的表情
动与静，悲与喜
全在金水桥下缓缓低吟
涛声刻下的印痕
痛与不痛，在我
这颗平常的心里
成为永恒

也许，其实
出与进只是一种状态的过程
有时出，有时进
我固有的崇尚，带着
几分难得的宁静
在我每一步前方
显山露水
温暖宜人

花香红旗（二首）

左 岸（辽宁）

麻埠镇，红色的心脏

穿过大别山的激流，我的呼吸越来越明亮
告诉我，已经无限接近了麻埠镇
你以晨光第一声小号欢迎我
我像走进了一座博物馆。往昔的脚步时远时近
从这里出发的红二十五军，浴血奋战
出生入死，最先会师陕北高原
我仿佛看到天安门广场的纪念碑上
依然闪动他们不朽的身影

一双草鞋，一杆红缨枪
一只打着补丁的粗布子弹带
一顶被炮火熏黑的灰色八角帽
燎原星火，惊醒睡狮
从一双双仇恨的眼睛开始燃烧
战士倒下了，望远镜里的目标不会改变
少年出英雄，多少风雨
成就了新中国的将军摇篮
麻埠，当你沉浸在花岗岩的回忆里
所有的映山红为你

美丽一千次

我走遍你的森林，你的河流，你的时光
无不被你巨大的背景震撼
分明我在触摸一颗红色的心脏
那种蓬勃，那种强大，感染一切
我发热的手指不想收回来

题红石谷国家地质公园

你的命名
来自前生后世的血红色石头
群山环抱的早晨，总有巨人踏青而来
留下空山鸟语，野花自开

你的大峡谷有多磅礴，你的仙子湖就有多神秘
近前，飞瀑吐日；远处，舟动景移
沉鱼落雁是你的韵味，凤仪兽舞是你的色彩
茶林如海或藏有仙人草低语
陶埙似图腾正是少年月亮弱冠时

走了，慈禧未品尽茶香的遗憾
来了，黑眼睛蓝眼睛黄眼睛的世界游客
心是一样的甜
梦是一样的圆

透过漫山遍野的映山红
我想起刘邓大军挺进大别山的日日夜夜
想起曾是工农红军童子团团员
于今已是九十岁高龄的程登枝老人
他们不但是这里永恒的地质地貌
也是红石谷最伟大的背景

东风浩荡。花香，红旗
多么美的组合
当我闭上眼睛再睁开的时候
感觉美妙极了——像天使穿了我的衣服

朱日和：在国运里枕戈待旦
——建军90周年阅兵抒怀

周春文（四川）

风起了，黄沙满天
浓烟漫漫
不屈的劲草
在风里一摇一摆
根须深埋
力与美的见证
见证一个崭新的世界

这是一个微风轻抚的早晨
这是一个旭日当空的早晨
高远的蓝天，无边的旷野
穿梭的军姿，执着的步履
一声号角凌空响起
使命与坚毅
像一支支出鞘的利箭
转瞬
跨越千里

黄沙漫道，水草丰美
历史选择了这条脊梁之躯
必将掩埋过往星辰的绚烂与无趣

高天宏道，而风卷残云的车轮之下
我拿什么敬献给你
晨曦中的光束
奔驰中的疾风
激情中的火焰
威武中的铁拳

此时，风声如令
旌旗猎猎
未临塞上
无边浩荡
生命再一次祈祷
灵魂再一次锻造
独坐于中原边关
大漠孤烟，一生的执守
就为了那一声响彻寰宇的呐喊
国之呼唤
民之呼唤
丰富的物产
浩瀚的山川

我亲亲的祖国
——纪念庆祝中国人民解放军建军 90 周年阅兵式

喻 强 (四川)

1.

丁酉建军节
沙场点兵
盛夏的最后一笔迷彩
点睛朱日和

瞬间成为全世界焦点
演绎中华民族到了最危急的时候
任风起云涌，五星红旗在硝烟中迎风挺立
即使狼烟再起，高唱国歌的有三军将士与主席

"主席同志，请您检阅——"
一声旷世的呐喊划破长空，划破 90 年的沧桑、屈辱
　与荣光
以征尘未洗的战服列队，以永不停息的战车列队，以生龙活虎的
　战姿列队
仿佛是出征前的沙场点兵
以长江之长的名义，以长城之长的名义，以源远流长之长的名义
没有任何力量能够阻挡
我们对梅兰竹菊的挚爱

对春暖花开的向往

向往的苏轼在故国神游
而我在祖国壮游
阅兵式的每一帧画面不可复制，不可替代，不可忘却
遥听伏虎寺的钟声响起
我喃喃低语：威武师，雄壮日，主席点兵朱日和
厉害了，我亲亲的祖国
以我的渺小，虽然可以或缺
但总愿做万千澎湃中最高亢的一朵浪花

2.

我本南山种菊之人
家在诗经里三百零五户人家
平生不愿意拿起刀枪
但拿起刀枪的人岂能揉碎水墨山水

我遥望检阅台的时候
检阅台遥望远方
硝烟没有停息

预示和平不会自来

如君所云：国之大，好战必亡；天下虽安，忘战必殆

所以大漠列阵、塞上点兵

多少英雄闻鸡起舞，醉里挑灯看剑

多少志士枕戈待旦，夜夜龙泉壁上鸣

没有华盖，唯有威武

没有礼服，一身战服

没有彩旗，唯有军旗

没有虚词，誓言震天

踢正步化为急行军

战斗力是唯一的根本的标准

这一次与众不同

这是中国举行的第 16 次阅兵

七千双草鞋

谢帆云（江西）

> 1929年2月13日，箪食壶浆，宁都县城第一次迎来了红军。
> ——题记

我再一次写下七千双草鞋
只是想说，不足两万人口的县城
一夜之间捧出七千双草鞋
是多么骄傲，多么荣光

一定有七千双手
就着油灯，搓着，编着
把手的温暖搓进了稻草里
一定是七千盏油灯
整夜亮着，和天上的星星一起
把夜空编成了金色的清晨

一定是七十万束稻草
齐刷刷地站出来，带着
七百亩稻田的厚重和坚实
一定是七百亩稻田
把自己的金子分成了七千份
每一份都饱含无边的汗水和阳光

后来，我敢说，中国所有的草鞋
几乎都踏上了红军的道路
但一次次使我流下热泪的只是
一九二九年二月十三日清晨
七千双草鞋走进了衣衫褴褛的队伍
从此，无论有多少坎坷曲折
金色一直照耀征程

我要给中国每个人送一块铁

马 飚（辽宁）

我要给中国每个人
送一块铁
人间就装上了：
不浮躁的心、硬骨头
和永恒
让所有一切
为了热爱，不怕燃烧和冰冷

青春盛产的财富
运出家乡
残留的自己，像渣罐
空有光芒
横断山上，铁水流淌
东风、大渡口、炳草岗
是在我前方的过往
生活势不可挡

打开天空，我放好理想
奖章、工装
这群孩子在岗位上
被轧机的高温，印出人形
像徒弟，替我保佑产线
一切已经开始，一切不可限量

送一块铁，给黎明
金沙江是时光
大脑般的工具箱旁
它交出金子，我交出年代
我们都比亲人苍老

热轧板，是一张尊贵的脸
女工控制表情
铁里，有工资、血压
钢花一样饱满
我们
年近半百，在壮丽啊
高炉的围观者，心地善良

重轨让祖籍和祖国
奔跑得轻盈
我们的卑微，在宏大里疾行

送一块铁，给工友
亚热带，我们才华萌动
炼铁、教书、发电、写诗

向阳村内，伟大世界
通勤车带来远方
无数家庭，若美满
加热的星辰
天下都是亲朋

我们世俗的，很有理想
依稀仿佛，都成永恒
永不磨灭：父兄、儿女
我们的事业、你的荣誉
铁铸的录影带
无法删除
这是大片工厂
像漫长的誓言，和无限的眷恋
我们拉紧爱人的双手

我要给中国的每个人
送一块铁
我们的浪漫，我们的信仰
高原恪守天道
红土——善恶分明
未来在路上

一边祈福,一边抗争
我们以死赴生
目光也有伤痕,飓风也将定型
成功,就是这块铁
被祝福——不可辱

我的铁,我的厂
从此再无苦难
铁有血型,铁有灵魂
继续庇护着人类
像我听大机器幸福轰鸣

徜徉在会议旧址

彭文斌（江西）

我看见老屋的墙头垂挂着一根根藤
那是历史长者的胡须
可用来记录文字
屋里曾经蓬蓬勃勃的话语
已经结为第一次反"围剿"的累累果实
五湖四海
集思广益
中国的方言在罗坊握手
成为一种军事智慧
放开两手，诱敌深入
那个穿粗布衣裳的伟人
掌握了方向盘

此刻，春雨如油
滋养大地
在罗坊会议旧址徜徉
一盏马灯
一颗红五星
一顶斗笠
喂养我的肉身和精神
光阴以一周为期
开辟一个民族崭新的道路

农村包围城市
武装夺取政权
由此发轫

重温那些有温度的表达
湖南话
四川话
江西话
湖北话
仿佛品味一道道佳肴
舌尖上的中国
正迎来晓色

罗坊的雨
及时
灌溉了干涸的中国
即便老屋白发千丈
也适宜我居住
在这里
我幸福呼吸

望乡台（外一首）

爱 松（云南）

每登一步，时光就倒流一些
郭先科的阿老（父亲）
就埋在这片山林之中

选择这里，作为自己的葬身之所
是因为在高高的山台
有过七个民族相濡以沫的足迹

1959年5月
国家安置游牧少数民族的好政策
令一个村庄，有了发展繁荣的基础与力量

望乡台，成为这股力量的汇集之地
郑家庄人无论生死，都想登上这里
记住乡愁，感受团结与阔远之境

点上香，敬上糕点水果
郭先科沉默而立，望乡台之下
郑家庄宛如一座中枢电站，穿起四周的村落

那里有自己的组织，那里有自己的旗帜
在与望乡台的对视中，郭先科隐隐听到

七个民族的呼声,正汇集成灿烂的红霞

合 唱

郑家庄鱼塘边,几棵银杏树叶子
在夕阳照耀下,顽强地
散发出金质光芒

鱼塘上空,许多水鸟,自由自在
悠闲徘徊,它们也在寻找
天空新的道路与梦想

隐隐约约,有歌声
从村里飘过来……那是郑庄完小三年级同学
杨俊良、何涛、王灼楠等孩子,边走边练习合唱

这些孩子们,尝试着,一起唱好
同一首歌曲——《国家》,稚嫩纯净的歌声里
一面鲜艳的党旗,一下子填满我的心

这个会呼吸的村子,是活着的、有灵魂的中国农村
藏族村支书何国祥带领七个民族,让一个个
平凡的梦想,成为一种种伟大的可能

孩子们的歌声,一路唱响
近乎神圣的庄严性和幸福感,瞬间
浸透我心,一个村庄的"中国梦",已冉冉升腾……

藏地歌声（二首）

蒋志武（广东）

> 白，是不朽的颜色，西藏，荒凉之路，秋水流过荒原。谨以此诗献给在西藏塔克逊哨所当兵的堂弟及他的战友们。
> ——题记

西藏的云，在梦和醒之间

塔克逊的地方，冰峰变成石头
而云不走，在山的缝隙中闪忽穿行
上升，下降，中午的时刻
它们集结盘踞在山顶，像一面旗子
我们排队仰望，向蓝天敬礼

总在梦幻之中完成一次次神圣的交接
云，一朵朵，一片片，形成一个伟大的祖国
脚下，苍凉的西部大地
有我们沸腾的血液温暖，西藏的云
干净，圣洁，如我们守护祖国的决心

天黑的时候，有风，云会压下来
它们变化着形状，飘逸无形
空灵，我在云朵之中学会领悟生命

世界的每一幅抽象画,都像暴风雨的蓝图
边疆,看似天高云淡
但时有豹狼

云更低了,我用军帽兜了一块
遥寄故乡

在塔克逊,我是一名军人

祖国,把这里交给了我
把审美交给了我
把几百公里的边界线交给了我
而我是神圣的,我坚信
每一次的巡逻,都是一次美妙的洗礼
都是一次对祖国更深的阅读

太阳,月亮;冰峰,云朵
闪亮的军靴踏进白雪
牧羊女飘起一截彩绣
藏地歌声,那就是自己的命运

在这里,我抛弃尘世
温暖的心脏在安静地跳动

在塔克逊,我是一名军人
手握钢枪,子弹上膛
雪自然融化,夜晚慢慢降临
如果我没有沉睡
这里的每一声鸣叫都属于我的祖国

献歌十九大

邹冬萍（江西）

　　我要把眼前这山、这水、这尘世的温暖，都好好爱一遍。做一个热爱祖国、热爱人民、热爱人间一切美好的好公民。

——题记

1.

我爱，这所有的山川与河流
爱它真实无欺的凹凸与辽阔
爱大雪飘过的土地
来年倔强生长的麦苗
爱大雨滂沱的早晨
双飞的燕子回到了家门
爱傍晚飘散的炊烟
夕阳牵引暮归的老牛
款款走回熟识它的村庄

我想我一定是牛族的近亲
只需一次短暂的对视
就可觑见一个词语——热爱
在繁花中落定，在空芜中生长
我用目光锁定牛的眸光

读出它作为一头盛世牛的喜悦
力拔山兮气盖世
它在一头牛的人生哲学里
井然有序地耕田、播种
播撒辛劳的汗水
让稻谷、小麦、玉米、大豆、高粱、芝麻
这些能喂养一个民族的粮食
沐浴着十八大的春雨
喜迎十九大的春风
在新世纪的阳光底下灌浆，抽穗拔节
长成越来越幸福的模样
——这就是具有中国特色新农村的诗意田园

2.

白天，我在一朵云里触摸城市之光
在高高的脚手架上，仅用一把瓦刀
打磨成开启幸福之门的钥匙
用淋漓的汗水，挥洒遗失在华年里的春秋

夜晚，我站在出租屋的楼顶上谛听城市之音

五光十色的灯海,如同尘世中最温暖的红颜
只用一道五光十色的笑容,就足以抚慰我孤独的躯壳与灵魂
我走来,我走去。我离开,复归来
城市的灯火始终都在。虽然离我有些遥远
却始终愿为我留白一段人生

一阵春风,吹皱一湖春水
党的十九大,惠风和畅
利国利民的好政策,在丁酉年的春天再次生根发芽
我,情不自禁地打开贮藏在身体内的诗歌河流
把自己奔赴成金秋里的一个动词
滚动在祖国大好河山的清清荷田之上
为敬爱的祖国母亲,献上我一个农民工的赤子情怀

3.

城市是一条条分节的巨龙
我在无数个黎明和黑夜里完成每日的迁徙
我像一只候鸟,举着曙色出发
穿上我的白大褂,拿起我的听诊器
为这个城市确诊。我每天开出一张张治病的药方

作为回报供养我肉身的庙宇
扶着夜色回来,星空早已扑了满怀
此时,此刻,我确信自己需要一场大雨
洗净我的疲劳,也洗净过往的沉疴

一声春雷,引来一场喜雨
民生改善、医疗改革、环境大整治
如同新世纪杀出的一匹黑马
指引全国人民奋马扬蹄,奔往致富的金光大道上

4.

时光走笔,我在盛夏的光年里
听见的不仅仅是花开的声音
也不仅仅是海鸥拍打洁白的羽翅发出的尖叫声
还有机器日夜不停旋转的轰鸣声
还有城市高楼拔地而起的号子声
还有在璀璨的烟火里为生计而奔波的脚步声

我坐在夕阳西下的海岸线
等着归帆带来满舱丰收的喜悦

等着万家灯火的温暖打包夜晚的凄清
等着诗意的月亮洗白城市的忧伤……

"人民是文艺创作的源头活水，一旦离开人民，文艺就会变成无根的浮萍、无病的呻吟、无魂的躯壳。"
2014年10月15日，文艺工作座谈会隆重举行
这句铿锵有力的话语，如同春雷响在耳畔
指引着更多的文艺工作者，从小我中释放出来
关心粮食和蔬菜，关心土地与海洋
关爱空巢的老人与留守的妇女儿童
让文艺的百花园，而开遍瑰丽的花朵

5.

我喜欢乘着战舰游弋在祖国的海岸线
喜欢对着高高飘扬在甲板上的五星红旗行着长长久久的瞩目礼
喜欢枕着波涛，听苏小明轻唱《军港之夜》
喜欢数着天上的星星
把最大的那颗称为我的父亲
最温柔的那颗喊作我的母亲
恨不得把最闪亮的那颗摘下来

当作爱人珍藏进我的心窝窝
喜欢对着空旷无垠的大海喊着一个人的名字
喜欢在海螺里倾听大海的呼吸声
我就是守卫在祖国南大门的一名最普通的士兵
有着最平凡的爱恨与最朴素的价值观
但是，作为一名军人
我深深地懂得：保家卫国，爱护和平就是我应尽的职责
"朋友来了有美酒，豺狼来了有猎枪！"

十八大的春雷，响彻祖国大地
威震四海八方
我为自己是这个好时代里的一名海军战士而自豪
对着五星红旗，我缓慢而庄严地献上一个军礼
用热血和豪情，书写我灿烂的青春年华

6.

无论我是农民还是工人，医生还是教师，文艺工作者还是军人
我始终不会忘记，我是黑头发、黄皮肤，华夏的子孙——龙的传人
我永远不会忘记，建设祖国、保卫祖国，听党的话
贯彻实行党的十八大精神

是每一个中国公民应尽的职责
2017，丁酉年的中国大事记
金秋喜迎十九大的胜利召开
梧桐花开，凤凰于飞

让中国这个大写的名字，闪耀在世界之林——
China，China，China！

灯 塔

庞华坚（广西）

茫茫大海中，我向往灯塔
但对于那一柱灯塔，我又能了解多少
它的光芒越过春天，穿透雾霭
铺向无边天际
在冬季滔滔白浪里
它发散出来的米黄温暖，庇护着蔚蓝
把平静保留在远方
让蔚蓝在苍白的季节
不成为遥不可及的往事
让蔚蓝成为一桩盛事
在时间的转换中
依然与我们生死相依

我曾以为与灯塔
保持一定距离是必要的品质
多年来，我不想惊动任何一座灯塔
没有拍摄过它们任何一张照片
不想把这些光芒与自己联系在一起
虽然内心感激，却不愿用语言说出
——光明，照亮黑暗
我只是默默想念它们，祝福它们
像祝福我的父老乡亲

他们朴质、孤独的背影
没有华丽、张扬，甚至喧哗
它们的寂静，以海鸥的形式
在只比海平面稍稍高出些许的地方回旋
也眷恋山石和海天
就这样，我们有了无数次相遇
就这样，我们在它们引领下
无数次绕过礁石滩
走远了，骤然回头
它们站在那里。下次经过
它们仍然站在那里
一动不动，散发着安静、持久的光

时光流逝，大海翻腾
大海上没有花朵盛开和凋零
日益漂白我们头发的是摇晃和起伏
是风起云涌，是白浪滔天
在海上，太多东西容易纷飞四散和被遗忘了
流经我们每一个毛孔的气息似乎也是前世的
除了大海茫茫和高天开阔
我们甚至曾经怀疑一切
那些曲折、斜坡、温柔、风花、雪月

那些声音、歌唱、沉默、惊恐、羡慕
那些鸥鸟、落叶、流云、飞禽、走兽
繁杂的世界仿佛满目疮痍
太多事情我们不愿意看到
而我们希望得到的又总是遥不可及

尽管有很多不尽如人意
但大海里那些灯塔，依然在波浪中
死心塌地地站着，等待远游的人归来
灯塔那光芒，固执地进入降临的夜幕
延伸和扩大着这个世界的光明
让我身处黑暗而最终选择相信
相信时间多么辽阔而我的目光如此有限
相信世间万物的存在，萌生，翻腾和力量
相信远处有光亮，内心便有温暖
相信心怀温暖，期待即彼岸

军旗飘扬

孔立文（新疆）

军旗飘扬
染红了我的视野
战士的方阵是一幅幅庄严的背景
在旗帜的卷动中巍巍矗立

护旗的光荣灼烧着我年轻的面庞
坚硬的钢枪贴在我的胸口
心脏的跳动和着红色火焰流动的节拍
军旗飘扬

这就是军旗的荣誉吗
我宁愿交出骨头和血
交出青春与热烈
面对军人的称谓
面对旗帜的信念
我仰慕那些真正的英雄
那些为了民族解放与人类和平冲锋陷阵的英雄们
都是真正的战士
他们战斗的姿势
排山倒海
前仆后继
这是一种精神

这种精神在血与火的搏杀中孕育生长
延续永恒

历史的章节删之不去
是军人都不会忘记耻辱
军旗飘扬
飘扬的军旗如同号角
有多少战士高举战刀
劈开灵魂
让鲜血流成一条道路
你这高悬的光芒啊
你在缄默中飘扬的巨大力量
让我如此虔诚地
为你牺牲

赞中国共产党

杨 强（甘肃）

古老的中国
在上个世纪初期陷入了最低谷
乌云密布，民不聊生
出路在哪儿

中国共产党在此刻要探寻一条路
一条闪电的路，不
比闪电更厉害的路
把光明留在中国大地，把乌云驱散

所以，他们的路更难走
摆在他们面前的是刀山火海
是绵绵的草地，是皑皑的白雪
是一个一个张嘴吃人的泥沼，是张牙舞爪的病魔

他们走得艰难
他们的血染红了天空
他们的事迹，惊天动地
他们把草原走哭了，他们把雪山走低了

他们终于走出了一条光明大道
让中华儿女看到希望的光明大道

让长江、黄河、扬子江依旧歌唱的光明大道
让千千万万的中国人荡气回肠的光明大道

他们走出了龙的形态，你看那弯弯曲曲的路
他们走出了龙的精神，你看整个中国都活了起来
祖国的春天，是中国共产党一步一步走出来的
今天我们沐浴的阳光，都是你们赐予的

留在汉源的红军标语

何 文（四川）

"红军是干人自己的军队。"
写在土墙上
让简陋的房屋有了温暖

"抗日救国。"
写在道路旁
向迷茫的道路有了方向

"翻身得解放，人民当家做主。"
刻在石头上
让冰凉的心有了希望

一条条朴素的标语
伴随着长征的队伍一路向前
是对人民的承诺
也是写在大地上的誓言

历经八十多年的时光
没被抹去，反而更加锃亮
让中国富强独立
让人民幸福乐业
这是这支队伍的初衷
也是永不止步的长征目标

祝福你，我的中国

乐 冰（海南）

一条山溪
向我讲述大海的梦想
一只山鹰
向我讲述蓝天的梦想
我的梦想与祖国紧紧拥抱
那是我全部的爱和力量

每一棵树都明白
它的梦想离不开土壤
每一列火车都明白
它的梦想离不开车轮
每一位儿女都明白
他的生命来自于父母
祖国，就是土壤
就是一列高速行驶的列车
就是生我养我的爹娘
我们是大地上的树，列车的轮子
都是父母身上掉下的肉
我的梦在阳光下闪着泪光
那里有我的欢乐，我的希望

我的梦，用汗水喂养
狂风吹不灭

烈日，只能让心中的火焰越燃越旺
泰山压顶，不能弯曲我的脊梁

捧一把祖国的热土
焐热了我的胸膛
我会把生命之树扎根于中国大地上
让它茁壮成长
开花结果，长成栋梁

为什么我对祖国如此爱恋
因为我是华夏儿女
千载典籍，万卷诗行
记载着一个民族的兴衰
大汉风采，盛唐乐章
中国正昂首走在金光大道上

高举改革大旗的人们啊
你们在创造历史
你们点燃了一个民族的激情和梦想
我歌颂你们
伟大的改革者
你们是奔驰在中国大地上的骏马
国家的脊梁，真正的太阳

蓝图已经描绘
快快奔赴火热的改革洪流中吧
甩掉思想的包袱
甩掉多余的脂肪
让生命在建设中闪光

每一个人都有一部历史
把个人的梦想与"中国梦"
在现实中牢牢地打桩
这样，梦想才会更有意义
时间会告诉今天的人们
历史也是我们创造的啊
"中国梦"，有我们的责任和担当

生活在中国大地上的人们
仰望同一面旗帜
仰望同一片蓝天
一同在风浪里搏击
一同在大地上歌唱

一滴泪可以照亮我们的梦想
一滴血可以让我们的梦想飞翔
改革的春风穿过我的胸膛

我知道，心中的花
只有在祖国大地上盛开
才是那么的鲜艳芬芳

啊，中国
一艘载满鲜花和光荣的巨轮
正驶向母亲的微笑里
正驶向一个伟大的梦想里
长风破浪会有时
"中国号"巨轮又开始破浪起航

今天，请让我面朝北京
面朝天安门，还有人民大会堂
以一个诗人的名义
手捧玫瑰，献上赞美的诗章
祝福你，我的中国
祝福你，从温饱走向小康，
从文明，走——向——富——强

一个人的梦想

瓦 片（四川）

爬上高山望黄河
透过云彩想长江
太平洋西海岸亚洲东方
十四亿中华儿女
满腔热血怀揣梦想
七千年璀璨华夏文明里
有上百年，被列强抽打耳光
跟随铮亮的镰刀和铁锤
高举迎风飘扬的五星红旗
华夏儿女挺起了不屈的脊梁
干旱洪水地震等天灾
让中华民族更加团结
打压窥窃嫉恨等人祸
让中华民族的"神舟"和"嫦娥"
在太空中自由地翱翔
改革开放，飞速发展
谱写一个传奇式东方神话后的今天
站在这九百六十万平方公里的土地上
我，一个普通公民的梦想

就是民族团结社会公平洁净无污染

人民的好日子富足舒适平安健康

我，一个普通公民的梦想

就是十四亿人中国人

大笔书写一个民族更大的

辉煌

聆听国歌

蒲素平（河北）

当国歌，这动人心魄的音乐
在祖国的上空响起时
我深深沉醉在一种无言的幸福里

没有什么音乐比国歌更动听了
每一次聆听都使我
深深陶醉在铿锵雄伟的音符里
感受一种飞翔的幸福和快乐
感受祖国的亲切和伟大

在祖国的大地上
在无边的呐喊和加油声中
没有什么力量比国歌更强大
更震撼心灵
国歌在我们的头顶盘旋
在我们的血液中急速奔走
在祖国的茫茫大地上奔走

大地上，宇宙间
没有什么声音，没有什么语言
比国歌更深刻
更能凝聚亿万人的心

飞翔的每一个音符都像一枚钉子
把一种使命,把一种光荣
牢牢订在我们的血液里
订在我们的生命里

聆听国歌,从昨天到今天
从高山到平原
从城市到千千万万个乡村
六十八年的历史长河里,国歌
始终保持着
最初的伟大和光荣

国歌如火
漫漫长夜里国歌是光明的支点
几代人的使命,在国歌里诞生
并随着五星红旗的升起
登上一个又一个高度
直至鸟瞰地球这个家园

聆听国歌,这天籁的声音
一个坚强的民族
一个正在走向复兴的民族

用自己的血肉、正义和种子
挺起长城不屈的脊梁
补充和延伸人类生存的意义

国歌，一道从祖国的心脏升起的闪电
划破天空的胸膛
在地球的东方越来越嘹亮
越来越嘹亮

寄祖国（外一首）

宋光明（四川）

世界青草葱郁
却总想
回母亲的圈里
做一支快乐的羊

天空绚烂多情
却总想
到东方的晴朗
做一朵自由的云

快乐时
也可能沉默
一定是嗅到母亲的忧伤
自由时
也可能禅定
一定是飘至水火的上方

祖国啊
我需要同样快乐的母亲
哼那曲轻杨柳
草原无际
玉门关内，相互依偎

我需要水上长满稻黄
火中熔炼金银
彩虹之侧
掩一半柴门，紫气升腾

最忠实的羊已回到圈中
最含情的云已落在东方
东方　我的祖国
青草正葱郁
天空正晴朗

祖国的情结

六块泥砖撑住的木板上
顺一条河
上游到下游
五千年到东海
读祖国的少年
富有得忘记了贫穷
母亲粗犷的呼唤

山头很远也能听见
那是世上最美的声音
密密的文字一起
落成永恒的记忆

屈原的爱是一江忧伤
海涅的爱是织满诅咒的裹尸布
曾经的少年充满幸运
爱倘佯春风
脚步快乐自由
未婚妻坐过的石头
虽然在荒凉的山坡
也浪漫成世上最美的石头
与虔诚而生动的爱
一同，青春里盛开

居高山山不再高
邻深水水不再深
远行人饕餮地图的愁苦
淹没曾经的青年
就庆幸逃脱心灵的奔波
山海关到嘉峪关

再到多薄雾的川西
泰山松雨，长江波纹
枕夜夜香甜
只怜岁月终会老
灵魂必托山水伴

养我生命亦养我爱情
养我智慧亦养我自由
这最母亲的土地
就是我的祖国
我越少她越苍老
我越老她越年轻

长城，或者碑页

阿 垅（甘肃）

雄鸡报晓，徐徐展开祖国的版图
多么辽阔，江河之上的激流
群峰之上的块垒。多么辽阔
遍地葵花盛开，情义浓重的绿荫和感恩四射的光芒

大风翻开的诗卷必定气势恢宏
这个坚固的词里含着泪水、往昔、征程和大业
一首绝唱蜿蜒崎岖了两千年
铸造了一副前无古人、后无来者的喉咙
登高望远的天梯

从燕山叠翠、烟波浩渺的山海关
到平沙落雁、霓裳羽衣的嘉峪关
一块石砖与另一块石砖之间
秦汉焦黄的泥土，黏合了
酷暑寒天和劳动号子
一座烽燧与另一座烽燧之间
遥相呼应的滚滚狼烟，已散尽了
呐喊的箭矢和马蹄的呼啸

而如今，我只是撩开了过往云烟中
苍凉和悲壮的一角

只是现在我要借助丰收秋天的铁锤和镰刀
重新锻打冰霜和信仰，收割麦穗和喜悦

另一种不断拔节的骨头
闪耀着可以燎原的星星之火
那是从母亲贯通古今的血液里
不断注入我们体内，不断兴盛大好河山的骄傲

无论风云变幻、斗转星移
这是不朽的碑页
我们共同跳动的脉搏
我们与生俱来的
黄皮肤和黑眼睛

这一次他没落泪

木 汀（北京）

他说，他被他的父母用扫把打得皮开肉绽
他没有喊疼，没有掉过一滴泪
他说，他离开家乡远赴香港谋生的时候
他倔强地扭过头转过身
泪水只是在眼眶里打转却不肯流下来

他说，上个世纪七十年代初
他回家乡省亲路见中国制造的吉普车时
他止不住地流泪了
一直跟着那辆吉普车奔跑

他说，1997年7月1日
当他看见五星红旗映红了香港上空的时候
泪水像有说不完的话流个不停
他头一回喝得酩酊大醉，彻夜不归

他说，2012年9月25日
没等太阳升起他就醒来了
他在香港也听见了辽宁舰踏平激浪的声音
那时，泪水怎么也不听使唤
还没等擦干又流满脸庞

他说，2017 年 5 月 19 日
他在美国女儿家看到了"一带一路"的巨响
推开了每一扇门
这一次他没流泪
他挺起胸膛
走在了车水马龙的街头
像个老顽童
脸上衣服上自豪地贴着鲜艳的五星红旗

他从来都是用硬邦邦的港式普通话自我介绍
我是中国人

兵 者
——献给建军 90 周年暨缅怀先烈

蒋海将（江苏）

比我先入列的是班长
比班长先入列的是枪支
比枪支先抵近前沿的是命令

命令抵近前沿
生命抵近迷彩
迷彩就是一种境界
一种可能和必然

迷彩的服装
迷彩的阵地
迷彩的辎重
迷彩的动机
迷彩是战争舞台上带硝烟的舞美

没有固定的剧本
什么情节都可生枝

因此，必须持续施以意志
施以血性和力量的灌输
才能义无反顾地踏着蹈火的节拍

士为兵，兵为卒
身先士卒者注定是我
破敌陷阵，兵贵神速
冲锋！兵者生命中最高贵的速度

日记：大阅兵

林隐君（浙江）

  2017年7月30日，观看在朱日和训练基地庆祝建军90周年八一阅兵。

现在，我需要这片幽蓝色的天空更加幽蓝
需要让一颗洗净尘埃的心，铺展起无垠的辽阔

现在，人间已空，天穹之下，厚土之上
时光安静得像湖底的睡眠，它应该没有听到
一列列迈过金色波泽的方阵，正给出磅礴的心跳
一场场来自骨头里的痛，正炼狱出虎的性格和龙的图腾

看！虎啸大地，利剑出鞘，龙行广场，天光闪耀
走在刀锋上的士兵，以银鹰催动凛凛的骨骼
铁血为浆的汗珠，以磨砺抱紧大海，赋沉重以轻盈
日益升腾的利器，以铿锵之吼，赐民族以安宁
韧劲的履带，以金石之音，化记忆中的战火为警钟

此际，万物皆被引领
大爱，回到世界的腑脏，钟声荡起清波
谷物流金，归于粮仓，脊梁挺起，归于丰碑
民族的胸膛，以"东风"的名义重拾河山的斑斓
雄起的炮管，以辩证法解构战争与和平的关系

奋戈江天的海陆空，以飞天和潜海的英姿刷新着视野

哦！一切都与家国同在
我的祖国，织云吐锦，我的江山，鱼龙变化
我的火箭军万里征尘，我的铁甲队归思汹涌
我的天安门洗净长空，用文心雕龙，高悬的时光闪现着明媚
我的士兵以闪电磨好刀斧，以仓颉造字的智勇，祭出军魂
哦，不是为了让烈日失色，星月低垂
而是以坎坷、不公和磨难，以主权、自由和复兴
组合出随时可以出击的重拳，为历史仲裁，为民族扬威

而我的岸，栖息着大海，我的大海，栖息着明日的太平洋
我的生命，露出火焰，和汉字一样的风骨
我的心跳，翻过了一座又一座的大山，像一枝轻型的骨朵
开向可以预见的未来，再也不会回头……

观瞻王坪红军烈士陵园

周鹏程（重庆）

我轻轻走进树林
波涛阵阵
我听到先烈们的呼吸
就是大地花蕾开放的声音

英雄墙上，密密的名字
分区排列的名字
是英勇的红军

每一个名字都是工匠用泪水雕刻
那些让人肃然敬畏的乳名
我一一记住
那些"狗娃子""牛娃子"
感觉特别好听
年纪小小的战士
我向你们敬礼
我必须敬礼
站在你们面前恭恭敬敬

我在心里默念：安睡吧，红军
不经意望见远处的石壁

"赤化全川"中国最大的红军标语
川陕革命根据地不是过客
是枪杆子，打出来的

在史册上有深深印记
1名元帅300多名将军
数十万巴山儿女浴血牺牲
巍巍巴山
涛涛青松
通江故里寄哀思
王坪陵园埋忠魂

我的脚迈着铅步
在阳光中移动
手中有关陵园的数字
让人内心撼动

七千八百二十三名红军烈士遗骸
实实在在地躺在这里
一万二千二百二十五名红军烈士长眠于此
多么庞大的阵容

那不是一排排列队而站的石头
是一个个鲜活的战士
一块石头就是一个生命
就是爹妈养活的
一个标名为红军的孩子

筑梦强军

丁小炜（北京）

有一种歌声，它在炮火硝烟中唱响
每当唱起，就会迸发出无穷的力量
有一段岁月，它在炮火硝烟中芬芳
当过兵的人，都会把它在生命里珍藏
有一面旗帜，它在炮火硝烟中诞生
始终飘扬在冲锋陷阵的最前方
有一腔忠诚，它在炮火硝烟中激荡
无论何时，三军将士永远坚守着不变的信仰

今天，我寻着军歌而来
这片辽阔无垠的大漠戈壁
士兵兄弟挽起臂膀
金属的声音漫过迷彩的方阵
一浪高过一浪

今天，我触摸军旅而来
这里就是矢志打赢、磨砺精兵的战场
你看，自信和坚毅
写满这些年轻英武的脸庞

今天，我仰慕军旗而来
这面走过 90 载峥嵘岁月的旗帜

把八一和五星铭刻在红色之上
远去的记忆在和平的天空下回荡

今天,我追随军魂而来
心里澎湃着无声的誓言
胸中升腾起强军的热望
在这里,我看到了共和国
坚定的意志、坚韧的精神和坚强的脊梁

朱日和,在蒙语里意味着"勇敢"
就是在这里,一支勇敢无比
堪称"最硬磨刀石"的蓝军旅
创造了6胜1负的战绩
上演了一场场精彩的实兵对抗
锻造能打仗的部队
哪里都是秣马厉兵的疆场
在枕戈待旦的洞库
在护航编队的舷窗
在"大功三连"的营地
在运筹帷幄的中军帐

透过你们胸前的军功章

我仿佛看到，遭遇断崖的 372 潜艇官兵
3 分钟完成 500 个技术动作
是那么果敢、沉稳与坚强
我仿佛看到，辽宁舰上的战鹰
沿着 14 度翘角滑翔
海天之间的漂亮轨迹
印下了一个民族的光荣与梦想

一支伟大军队的成长
必然要经历无数血与火的洗礼涤荡
2014 年金秋，闽西古田
习主席亲率 400 多名高级将领
回到人民军队定型的地方
我军在新的转折关头燃起一场烈焰
涅槃新生，重整行装

2015 年岁末的一天
当清晨的阳光
唤醒华北重镇石家庄
人们哪里知道，与这座城市
相伴了 46 年的一支英雄部队
已经在市民的睡梦里悄然移防

这就是当年解放上海时
在街头露宿而卧的 27 集团军官兵
他们刚刚离开繁华都市和父母妻儿
来到陌生的营房
又接到集团军改革重组的命令状

当上万名将士
集体向那面转战南北的战旗告别
凝重的军礼，叠印出
万般的不舍和心头的惆怅
但集结号响起
他们又精神抖擞地奔向新的远方

改革意味着奉献，重生就会有牺牲
砥砺前行的征程上
不但有艰难的抉择
还有倒下的生命之殇
那些年轻的生命
有的为世界和平长眠在异国他乡
有的融入了抢险救灾的惊涛骇浪
有的牺牲在火热的实战化训练场

张超、余旭、程俊辉
刘景泰、杜宏、申亮亮……
也许，这份名单还会不断加长
当我们享受着岁月的静好
更应该在心底
把这些负重前行的名字久久颂扬

一支军队所向披靡
不仅在于演兵场上
弥漫的尘沙、剧烈的轰响
更在于观念的革命
在于冲破头脑里的固有屏障

解放战争中，华野十三纵请示
授予109团荣誉称号
电文仅53个字
当年我们为什么特别能打仗
正是摒弃了
任何的形式主义和花样文章

军委联合作战指挥中心
东南西北中五大战区

新型的"神经中枢"更加灵敏
"作战链条"更加顺畅
陆军、海军、空军、火箭军
战略支援部队
联勤保障部队
国防动员系统
中国特色现代军事力量体系
翻开了全新的篇章

在陆地,在空天,在海洋,在网上
一场场区域间国际上的军事演习
中国军队闪亮登场,惊艳了全球的目光

从"神舟"飞船到"天宫"实验室
从"北斗"系统到"嫦娥"探测器
从"蛟龙"创造的深度到"天河"展现的速度
军民融合发展的硕果,闪耀着自主创新的光芒

信息主导,体系支撑
精兵作战,联合制胜
中国特色强军之路的步伐不可阻挡
政治建军,改革强军

科技兴军，依法治军，练兵备战
人民军队一定会把优异的答卷交上

此刻，我们回望南昌起义的城头
那支悠远的军歌更加激越更加铿锵
回望苏维埃的火炬陕甘宁的窑洞
幸福和激动的泪水又一次盈满眼眶
回望井冈山的晚霞西柏坡的晨曦
猎猎军旗正辉映你们黑黝黝的脸膛

听党指挥、能打胜仗、作风优良
强军目标指引着我们的队伍向太阳
听，这豪迈的誓言
越过陆地天空和海洋
在万里山河纵情回荡

父亲的手

薛世明（辽宁）

父亲的手是古铜色的，像淬过火的钢
掌心的老茧粗粝得像榆树的皮
结实的手臂像遒劲的白杨
握紧刹把时，发出嘎嘣嘣的脆响
响声穿透了沉睡亿万年的荒原
如冲天号角，在云霄回荡
把贫油的帽子甩到太平洋去——
呐喊声刹那撕开天际
揭开了为油而战的史诗第一章
父亲挥起坚实的手臂，大地抖了三抖
淬火的手，把金刚钻头嵌进地壳
父亲钢铁铸就的大手，打开了神秘的大地之门
那喷薄而出的油龙啊
呼啸着，怒吼着，一路奔向远方
崛起的石油丰碑，从此巍然屹立
父亲的手啊——把第一代石油人的功勋
镌刻在共和国英雄之墙

父亲的手是我生命的摇篮
我在摇篮中倾听石油的涛声激荡
父亲牵着我去草原采乌拉草
捡野鸭蛋的笑声回响在勒勒车上

父亲指着耸入云端的井架
看，这是共和国的脊梁
只有脊梁坚实，咱们国家才有希望

走出钻头和岩浆的父亲
踏着奶汁一样的月光
在滴水成冰的地窝子里，在暗淡如豆的油灯下
他抹去眼角的疲倦和脸上的泥浆
亲手缝补磨破了的狗皮帽子
指尖上的血，浸漫着父亲对妻儿的思念
还有他对生活的热望
父亲用他那双大手托起第二代石油的儿子
也用那双大手谱写了石油会战的豪迈篇章

夜晚的路远得看不到尽头
睡梦中的父亲笑了，笑得酣畅淋漓开怀奔放
天亮了，父亲的双手又插进泥沼
打捞遗失在岩层下的月亮——
透过父亲手上厚厚的老茧，我读懂了
我读懂了父亲的手，也是肉长的
日夜奋战在井架旁的父亲也有柔肠
我懂得父亲的时候，父亲走了

父亲眉宇间的英气却依然硬朗
他手上的老茧就像史前的标本一样灼烫
我捧起父亲的手亲吻，吻出岁月的味道
我接过父亲手中飘扬的大旗，扬帆起航——
我从没敢忘却父亲的叮咛
石油，是祖国的血脉，石油，是"中国梦"的希望
父亲的手啊，是石油人奋战的标志
他谱写了共和国英雄史册的不朽诗行
父亲的手啊，更像一个高高矗立的路标
永远是我前行的方向

习仲勋旧居

贾建成（甘肃）

五顷塬
温柔的姿态环绕四月
清新和湿润净化荒芜的心

抓一把泥土
闻闻故乡久违的清香
一棵桑树
在南邑的心窝里
气象万千

山路虽然有点陡
却能留住春天的脚步
白云不语
春天依然郁郁葱葱
每当经过这里
木櫈旁那头老黄牛
有滋有味地咀嚼往事

那口井，深邃而多情
辘轳把上的余温
像是刚刚散去
窑角落里的那架木纺车

让我听到了大生产的号角和热情
土炕上,一张枣红小方桌
一盏闪烁的马灯
照着一张张年轻的脸
为了一桩大事
他们酝酿了很久很久……

从这里出来
我心格外平静
平静的就像一个伟大的信仰
是我生命的全部

越武夷山（二首）

葛小明（山东）

红 嫂

并不是只有红军的妻子才叫红嫂
并不是扛着衣物运到前线才是红嫂
在富屯溪上游，武夷山脉北段
所有女人都是红嫂
为了被"围剿"的河山
为了河山边缘打仗的千千万
没有给我枪，我一样可以打仗
把鞋纳得厚实一点
把粮食凑得够数一些
把家里的老人孩子照顾好
把要流出的眼泪咽回去
把院子打扫的干净一些
等着走出闽北的男人回来，等着敌人溃逃
这就是中国的红嫂
战火里哺育大地，灰烬中红了山河

越武夷山

再爬一百米,还是荒芜
越过这场荒芜
我们的战士又少了一些
班长是病死的
副班长是饿死的
四川老乡是失足摔下去死的
没有一个人死在投降的路上
在武夷山,一棵草就能温饱
一块石头就能睡上一个小时
没有任何地方比这里更澄澈
干净的蓝天,无邪的党员
永远向前向上的脚印
蓝天的美好
在于党员拥有一颗玲珑剔透心

村庄,从废墟上站起

胡雪蓉(四川)

溪水轻缓。阳光宠着炊烟
房前屋后的绿回到鸟鸣声里
崭新的庭院像一幅水墨
红灯笼是一个一个高挂在门廊上的好日子
红粉紫白的牵牛花,张开小喇叭
竹篱笆织成五线谱,忙碌的蜜蜂是跳跃的音符

那些从废墟上站起来的日子
像豆角开花,苞米挂樱
风总是那么温文尔雅,轻轻吻一吻额头
或牵牵你的衣袖。带着甜味的空气
怀揣蜜糖。花园、别墅,那么遥不可及的梦
面朝黄土背朝天的庄稼人,做梦也没想到
会成为这里真正的主人

那些困于城市的车流尘烟
困于尘世的尔虞繁杂
急于把身心暂时寄放,这里安宁洁静
湛蓝的底色,云蓬松绵软
绿裹着野花,满山满坡
无拘无束地流淌
山野、河谷、鸟语、花香

醉人的干净清透，
他们不知道，"4·20"地震前
这里只是一片杂草丛生的荒滩

祖祖辈辈用镰刀锄头求生活的乡亲
学着用布满老茧的双手剪接生活
接待游客，销售土产。给用旧的时光着色
继续亲近泥土，和蝉鸣蛙声和睦相处
守住鸡鸣狗吠，为一只蝴蝶让路
任蜜蜂自由自在地酿蜜
尽可能地为一棵树或一株草留足天空
不糟践一片枯叶，不浪费一滴清露
不善言说的乡亲，把日子过成一粒细小的春天

在朱德故居前

黎大杰（四川）

一缕阳光的蝴蝶，栖息在朱德汉白玉雕像上
苍松、翠柏、修竹，还有那么多
仰望的小草，都朝着朱德手指的方向茁壮成长

陌上桑，四方田，琳琅井
还有浓浓的川东北口音，在松涛声中将战火纷飞
归于田野，归于宁静

缺牙巴水缸、石碾、阁楼上的灯光
都回归到了最初。一只蜻蜓，一只豆娘
在这个正午的阳光下，停立于故居前的荷塘中

每当我们说到朱德，说到马鞍，说到琳琅山
就会说到一根竹扁担，一双草鞋
说到纪念馆前的将军道，以及静卧山中的锤镰石

在朱德故居，每一件物什都是动词
旗帜般向我们展示革命岁月长久的记忆
而我，或你们，任谁，都无法省略其每一个

共产党宣言在中国

苦 力（四川）

你从巴黎公社走来
红色的风暴
撼动了旧世界的根基
你向十月革命奔去
鲜红的血
烧透了克里姆林宫红墙
以社会主义的名义告诉世界
无产阶级的崛起

一九二一年七月一日
一个新的政党诞生在龙的故里
在四大发明的国度
站立起一把镰刀和斧头的旗帜
复活的巨龙奔腾着劳苦大众的血液
古老的东方第一次开始躁动孕育黎明
从此，你将希望
寄托在中国共产党人的肩上
让马克思列宁主义
在中国的大地上探索，完善，成长

枪杆子里面出政权
南昌起义的第一枪

劳苦大众从此有了自己的武装力量
秋收暴动的长矛棍棒
将井冈山的火种燃烧在延水河旁
一次次的挫折一次次的欢喜
突围，二万五千里长征
苦难的中国啊
你的路究竟在哪里
历史最终选择了遵义会议
中国革命从此走向了正确的方向

十四年抗战
你扛起了民族不屈的脊梁
三年解放战争
你鲜红的血，染红了黄河、长江
你为无产者的梦
孕育起一个鲜红的——中国
延安的窑洞、西柏坡的灯
你诠释了全世界的无产者同一个梦
当五星红旗在天安门城楼上冉冉升起
世界——就迎来了一个新的天地

谁见过社会主义的模式

无产阶级在夺取政权后该如何继续
年轻的共和国啊
你摸着风、淋着雨
一路坎坷走进亚热带的雨季
抗美援朝保家卫国
公私合营
你消灭了在中国大地上的资本主义
大跃进的炉火灼伤过你的手臂
反右的风暴
也曾误伤了家里耿直的兄弟
三年困难时期
贫瘠的土地上被扒光了树皮
十年文化大革命
你生命的创伤至今还隐隐作痛

九十六年的沧桑
你历练了太多太多的磨难
九十六年的风雨
你从半殖民地半封建社会的病榻走来
扛起社会主义第一杆大旗
两弹一星
你为龙的子孙赢得了和平

嫦娥奔月
你惊醒了苍穹仙人们五彩的梦
震惊世界的空天科技
你让宇宙目瞪口呆
百年奥运
地球村的朋友们手拉手
见证了中国特色社会主义

因为有你
共和国的发展翻天覆地
因为有了你
才有了拨乱反正实事求是的勇气
正因为有了你
才有了改革开放的累累硕果
今天的中国
在世界的舞台上才真正开始扬——眉——吐——气
没有共产党就没有新中国
饱经沧桑的华夏儿女
更深深懂得了她真正的意义

九十六年的苦难辉煌
你写下颠扑不破的真理

唯中国共产党人读懂了你的真谛
毛泽东思想领导我们脱离苦难
习近平主席
正带领我们走向明天的辉煌

伟大的党啊,伟大的祖国
我们庆幸自己投胎为你的儿女
我们自豪有你这样伟大的母亲
感谢苍天
这辈子让我遇上了共产党的好领导
感谢大地
感谢你,中国特色的社会主义
昨天的中国
在共产党宣言的悲壮中站起
今天的中国
在共产党宣言的完善中探索
明天的中国
在共产党宣言的收获季节必将回报世界

全世界无产者联合起来
无论是百年还是千年
起来!不愿做奴隶的人们

起来！全世界的无产者
这是最后的斗争
用我们的执着去迸发最后的火光
让我们的鲜血再一次飞洒激昂
让共产党宣言再一次荡涤长江、黄河
让共产党宣言再一次绽放在共和国的每一个角落
让我们去拼搏，让我们的子孙去迎接
让我们伟大的中华民族去拥抱
一个公平、民主、富裕、理想、高尚的生活

共产党宣言在中国的艰苦实践
必将最后载入史册、回归人类——走向世界
让我们用心灵的感动去解读、去讴歌
共产党宣言在中国
共产党宣言在中国大地上的第十九次硕果

南湖驶来一艘红色的船

李明春（甘肃）

风雨中的飘摇，浙江嘉兴南湖驶来
一艘红船，那是在一九二一年

一艘船，是一盏明灯
点亮了黑暗中，求索的目光

一艘船，是引航
乘风破浪，行驶在最前面

九十六年前，中国出现了引航的灯塔
九十六年前，中国出现了前进的船
一艘船，破开了迷雾
不再有跟随者的迷惘

一艘船，绕开了暗礁
不再有跟随者的触礁沉船

前进，需要一种动力
理想是发动机的油料
信仰是帆的风吹

这艘船啊，一次次力挽狂澜

这艘船啊,驶向希望的彼岸

一次一次的接力
在向"中国梦"靠近

这艘船啊,是破冰的船
这艘船啊,是载重的船

旭日的巨轮,有着气势磅礴
掌舵人的目光,炯炯有神,远瞩高瞻

悬挂在船头的旗帜,在迎风飘扬
风展红旗如画啊

一把铁锤在锻打宽阔的胸怀
一把镰刀,在收割朝霞普照的金色麦浪

望一望,这高拔伟岸
仿佛获得了祁连山的力量

"一带一路",在百舸争流
百年梦想,在千帆竞发

和平的羽毛,是雨露的播撒
富足的笑脸,是花朵的绽放

一百年,只争朝夕
一百年,风华正茂

让黄河的波涛来为十九大的召开合律
让长江的壮阔来为十九大的召开押韵

我们渴望,日新月异
我们渴望,蒸蒸日上

像一株一株的葵花追求着同一轮太阳的方向
像一朵一朵的花儿向往着同一个春天的盛开

那是万众一心的共同努力
那是同舟共济的异口同声

当庄严的国旗飘荡着众望所归的目光
在每一个旭日升起的早晨

当神圣的国歌响彻九百六十万平方公里的

中华大地，在每一次提振信心的时刻

我们在谛听，汹涌澎湃
我们在歌吟，朝气蓬勃

在追随世界的脚步声里，中国唱起了主旋律
在探索宇宙的智慧乐园，中国当起了领头羊

走在温暖的春天里，我们沐浴着崭新的期盼
走在金黄的秋天里，我们收获着崭新的成熟

汽笛声声，是出征的号角
锚链铿锵，是冲锋的战鼓

我们在甲板上集结
我们在船头上凝眸

中国，将从这里与时俱进
中国，将从这里继往开来

八角楼上的灯光

李易农（河南）

夜幕的舞台上，八角楼上的灯
最能将黎明前的黑暗
——阐述

茅坪村，一栋赭黄色的二层小楼
因为井冈山的雄伟而更显小巧
一盏清油灯，以它豆大的灯芯
射出万束光芒

这光芒是那样的温暖
从一位伟人的眼眸里、纸张上、笔触里
传向华夏民族每一个人的心窝
这束光，是一种有力度的明亮
直飞跃上井冈山的苍莽
将黑暗雾霾一一驱除

这盏油灯的光芒，是慈祥的
桌椅、窗棂、村庄、草木、牛羊
如同一个父辈，将每一样夜色里的事物抚摸
指尖里，充盈的是疼爱、呵护
眼神里流露的是鼓励和期望

这些光，又插了翅膀
飞临祖国的每一处江山
它的圣洁光芒，永远指引着
中华儿女们，在腾飞的道路上
创造下一幕又一幕永载史册的
辉煌

南湖的船

应 鸣（福建）

　　红船精神，就是开天辟地、敢为人先的首创精神，坚定理想、百折不挠的奋斗精神，立党为公、忠诚为民的奉献精神。——习近平

南湖的船适合用青铜铸造
其实它只是普通的木船
木船经过信仰的淬火
就成了砸向旧社会的铁锤
收割自己命运的铁镰

南湖的船还是木头的颜色
但它应该是红色的
用的不是红漆，是无数先烈的鲜血
亿万民众眼里滴血的凝望
是喋血的星星淌出的
鲜红的黎明，是可以燎原的大火
南湖的船是心的形状
是心血的红，也是党旗的红
党旗上，金色的锤子和镰刀
发出震天动地的呐喊
至今还在我们的血脉中荡气回肠

南湖的船，停泊是另一种的奋进

它驶进大江南北
让所有的河流像祖国的动脉
鼓动起春潮和破旧立新的激情
它没有翅膀，却能够飞过长城内外
飞成亿万人的凝望

爸爸路过天安门

孙灵芝（北京）

他爱毛主席，他也爱周总理
他是农民，他爱共产党员
因为他曾经是弃儿，被收养
他常常说他是党的孩子
是党救了他的小命
常常有热泪盈眶的感动在心间

他常常教小外孙女唱过去的歌——
我爱北京天安门，天安门上太阳升
小孩儿娇憨地在他怀里笑
他仿佛在拥抱被抛弃的自己

他跟着我去了天津的周邓纪念馆
他看鱼儿逐食鱼饵
他看杨柳轻拂面颊
他对着周爷爷和邓奶奶的塑像
毕恭毕敬地弯腰鞠躬
一个对我吼了大半生的老男人
竟然软弱得有了泪花在眼眶

现在，他在北京天安门城楼下
抬起头看笑眯眯的毛爷爷
太阳正打在他脸上，他再一次热泪盈眶

信 仰（外一首）

刘金忠（河南）

测试信仰，用竹签扎进指尖
连敌人都崩溃了，钢筋铁骨
不是一句妄语

流水也停止了流动
代替它流动的，是血，离心最近
此时的信仰，是红色的

江姐用流血的手指
绣一面红旗，那穿针引线的动作
是疼痛接近的幸福
这时的信仰，已飞了起来

鲜血，不是一次性挥霍的爱
它以另一种形式输入旗帜
也让蓝天和风，更高，更远
熠熠生辉，使人间明亮

红军长征路线图

这样的行进，出征前都没想到

曲折和回环，惨烈且游刃有余
红色箭头所向，多亏神来之笔

红色箭头引导的河流取名七律
由八万根火柴组成的闪电
借战火擦亮冰冷的世界

从瑞金，到会宁，两万五千里
两年，二十多万人倒在路上
数字怎能计算出坚韧不拔的悲壮

一张图，可以省略太多细节
枪声、炮火、草根、树皮、疾病
一条路线，照亮我们灵魂的版图

有了这张图，让我们成竹在胸
旗帜有了血性的光芒和铁质
春天也有了出生证明

望着这张早已平静下来的图
凸显的立体感如面对镜子
有无数逝者的目光在看着我们

过雪山草地

张 平（福建）

嚼树皮的孩子卧倒
在树皮
他没有嚼碎的春天
在春天行走

这支队伍在庞大
并没有因为少了一个孩子
前途渺茫
号角隐伏在山岗
一次次震响灵魂的谷地

雪山草地没什么了
雪是他们的大背景
更显示茁壮
草潜藏种子
更显示了生长的速度

春风吹，他们站在
自己的前头
即使一个黄昏

没有走出黄昏

这是意志与信念的提灯者
在二万五千里的征程
他们渺小如蚁
但在每一条道路
都威仪如松

从英雄的笔画里闻见芬芳的祖国

    孙大顺

大地的深处传来饮水的声音
发芽的种子,提醒早起的麻雀
捎来清风的口信,而早于钟声抵达的晨曦
悄然映亮一条街道,一座密林深处的村庄
一条河流尽头。多安宁的清晨
我在心里叫了一声:早安!祖国
跟着洒水车走来,孩子们小蜜蜂一样涌进校园
书声琅琅的课堂上,不时传来熟稔于心的
唐诗宋词,一首首忧国忧民的祖国之诗
我从一滴悬而未落的露珠里闻见芬芳的祖国

劳动那么美,父亲走进金灿灿的稻田
他的腰弯得和饱满的稻穗一样低
丰收的喜悦,修复了他多年的伤疾
机械化的耕作,让乡下生活越来越清闲
清清水塘边,古老枫树下
从未沾过经济的母亲,破天荒地把杂货店
开在了路边,渐渐兴隆的生意,连同她的好口碑
常常成为乡村的头条,足够母亲打发
闲适的时光。一滴汗水使大海辽阔
我从劳动的羽翼里闻见芬芳的祖国

青翠再一次压低祖国的花园
天空蓝得听不见回声，几朵流云下面
野花凄迷，连绵的山岗蔓延巨大的静
蝴蝶，蜕变成惹是生非的领舞
依靠它的莽撞，盗取了大地深处的民谣
现在，十月的阳光之手，拾起一枚枚
离枝的叶子。苦难过后，火苗一样隐忍
顽强、发光的人们，微小的诚实和低处的善良
像果实，像坚守的钉子，被一再铭记和歌唱
我从丰收的谷仓里闻见芬芳的祖国

我倾听，一群星星窃窃私语
咀嚼秋天的献词，一个接一个，一组接一组
一万个汉字蜂拥而至，一万行拼音和墨迹呈现
我的赤诚之心。用信仰、忠贞、幸福、彩虹
海水、温暖、安谧，收养这些不能复制的词语
我要蘸着月光写上：爱！是怎样广袤的覆盖
爱我纯棉的祖国，爱一浪高过一浪的生活
让这些群雕、纪念碑永远挺立在我们中间
记住每一篇碑文，每一个鲜活的名字
我从英雄的笔画里闻见芬芳的祖国

每一个姓名都有一个地址,通向祖国的心脏
就像每一棵庄稼,都有颗粒归仓的密码
当草木贴近大地,海水宠坏了船长
我们散步读书,在星空下面恋爱。即便是
一次落魄潦倒的逃离,心中也装得下高处的闪电
低处的山河,留得住,穿过针眼的秘密
当我们老了,像雪花一样消融。祖国!我要献出
体内的琴,为你歌唱。哪怕肝肠寸断
死亡抽走我的爱和恨,背后的灯盏逐一熄灭
我也能从光阴的眉额上闻见芬芳的祖国

一把镰刀与一把锤子的图腾

安忠国(四川)

听见了吗?举起的拳头
喊出的誓言
正冲破血雨腥风
神州大地,雪盖住正在生长的麦子
雪盖住倒在枪口下的战友
风卷起镰刀与锤子染红的旗帜
呼喊着,前进着
从一九二一年的七月
一路血泪的奔跑
一路刀耕火种的崛起
祖国啊,黎明正在你头顶
把大地照耀
看见火,看见热的液体
正从帕米尔高原燃烧着
我们在麦熟的五月
听见红旗拉甫的哨兵拉响枪栓的声音
听见一群汗血马扬蹄的嘶鸣
听见万千只梅花鹿碰撞鹿角的欢叫

灌浆在每一颗麦粒的胸腔

嘉陵江涨潮了

红军渡纪念碑前的梨花纷纷扬扬
吻在红军战士一九三三年的年轻的脸颊上
秦巴山脉含笑诉说
山青了，水更美了
十万大军涉水过江的脚印留在嘉陵江边
回音一直响在大山的耳膜
每一棵柏树，每一棵青松
都是战友当年的魂魄
喊着
只有共产党
才能救中国

动车如一支脱弦的箭
驰骋万里江山
枪林弹雨走过岁月荣辱的大地
正接受快速发展，脱贫攻坚的伟大使命
宣誓的手
喊出中国加油
宣誓的手
喊出万众一心
反腐倡廉

一把镰刀与一把锤子的革命
正在掌声中接受荣光
神州大地,菜花金黄
满山的香啊
让采花的蜜蜂
活出一个新时代的新模样
雪山上的旱獭
正钻出洞穴
它们要让黎前到来的阳光
暖透心房

七月赞歌

程东斌（安徽）

南湖的波浪是被一条小船犁开的
崭新的涟漪炫出镰刀的锋利
砸向腐朽的铁锤溅起的火星
点燃一场火势，蔓延成辽阔的红
是谁手执剪刀，将七月火红的云朵
裁剪出一面旗帜？又是谁
将钢铁一样的意志和信念，用澎湃如血管一样的
坚韧之线，镶嵌于燃烧的朝霞中

七月诞生的火种，我们的民族用瞳孔
将它呵护和养育
我们的共产党人用肋骨将它点燃、传递
七月的火焰，驱走了华夏儿女体内的寒冷和暗疾
点燃了心坎上那盏照亮道路的明灯

七月孕育的种子，饱含深邃的思想，拥有
倔强的生命力
扎根于九百六十万平方公里中的每一寸土地
灌溉以南湖之水
灌溉以长江之水，黄河之水

种瓜得瓜，种豆得豆
祖国的大好河山稻谷飘香
瓜果呢喃，幸福的炊烟在蔚蓝的天空中
书写着壮丽的诗行

党啊，在你九十六岁生日即将到来的时刻
我想为你写一首歌
用南湖的水滴谱曲，用五湖四海的涛声配乐
用镰刀铁锤淬炼出的文字，书写歌词
演唱者，得邀请十三亿的中华儿女

国　旗

关　岛（浙江）

在你的下面
我摸到鲜血、英雄和马
在你的下面
我看到一只鸟，穿过黑夜
歌唱家园的幸福
宁静、祥和
祖国，祖国
你火焰中的民族经久不衰
唱不倦的红色，写不完的红色
那是我们的舞蹈啊
钢铁的舞蹈，青铜的舞蹈
麦地上的十月饱满成熟
如火如荼
祖国，祖国
十月的鸽子飞过天空
撒播阳光，雨水和恩泽
我们的生活啊！欣欣向荣

我曾以为很爱你
——献给中国共产党建党 96 周年

胡世远（辽宁）

我曾以为很爱你
现在才知道
实际上
差之千里
我呀，只不过算是
落入你怀中的一枚水滴

我曾以为很爱你
长大后才懂得
这些年
若即若离
我呀，只不过算是
飞入你世界的一片羽翼

我曾以为很爱你
回过头来才明白
无法比拟
你穿过 96 年的风风雨雨
而我呀，只有胜利的凯歌
在耳畔响起

我曾以为很爱你
镇定之余才明晰
一路走来
你崇高的血液正流淌
在我结实的身体

是你，用豁达引领我
一个中国的男人
可以顶天
也可以立地

是你，用行动告诉我
一面红色的旗帜
可以飘扬在风中
更可以飘扬在心里

党啊，我亲爱的党
我用满怀的欣喜迎接你的生日
我将由衷的祈祷送给你
在你火热的体温中，我找到
一个崭新的自己

党啊，我亲爱的党
我用愧疚的心感恩你
当伟大的祖国在世界雄起
我知道我错了，那只是一阵风
以前我从没有真正爱你

我曾以为很爱你
那些口是心非的经历
像空洞的梦停留在黑夜里
请原谅我的无知和迷茫
黑黢黢的，早已变为过去

党啊，我亲爱的党
在我的心中，你就像大海
我愿做一颗小小的水滴
和无数个水滴汇聚，形成一片
辽阔的海域，将你的伟岸
高高托起

党啊，我亲爱的党
在我的心中，你就像天空
我愿做一片有梦的羽毛

骏马般奔腾，孕育希望的花朵
衬托山川的秀丽
将你的世界装扮美妙无比

我曾以为很爱你
直到今天，我终于鼓起勇气
戳穿了自私的心理
这一刻，我感受到春天般的
幸福和甜蜜

我曾以为很爱你
直到今天，我开始均匀呼吸
我们的节日暗藏火焰之心
这一刻，我仰望璀璨的夜空
微风习习

曾经的战火硝烟
曾经的阴霾黑暗
曾经的饥寒交迫
曾经的沧桑历程
党啊，我亲爱的党
历史的天空，会全部牢记

如今的田野
如今的大地
如今的蓝天
如今的山川
党啊，我亲爱的党
生命的火种，会全部牢记

从南湖的游船望去，美丽的
渴望，足以抵达千里万里
就像一粒饱满的种子
一旦落地，长成一棵茁壮的树
这份力量，支撑起中华民族的脊梁
小米加步枪，一样可以
创造出惊世的奇迹

从美丽的河流望去，清澈的
中国，一览无余
寂静的河床，不改流向
无数细小的光芒，柔波般照耀着
人民、大地和向往
从我们的内心里掏出歌唱
麦浪包裹的秘密

党啊,我亲爱的党
为你点燃喜悦的生日蜡烛
惠风和畅的大中国,正完成
一次次盛举
我选择真正爱你,就像爱红色
镰刀、锤子,天高云低

党旗的力量

梁生龙（四川）

历史回流到在一九二一年夏日
在风景如画的嘉兴，南湖湖面
锤头与镰刀，在这里结盟

那碰撞出的星星之火
把船映得通红
唤醒了远方天边的朝霞
从此，中国亿万万同胞
把一腔腔燃烧的热血和不屈的头颅
嵌进那方红色神圣

那旗帜上的刻着的庄严与呐喊
还有钢枪擦破天际的回响
将曾经的耻辱重重地推向历史的身后

无数次艰难曲折
多少回惊涛骇浪
那抹红，坚定地指向黎明的远方

滚滚的长江黄河之水
流尽了多少古今传说
却流不走党旗上烈士血液的浓度

伸手抚摸一面旗帜的沉重
一股强大的人民力量
将一切腐朽碾得尘土飞扬

用血写就的九十六个春秋
每一季岁月里都带着脚步的铿锵
踏碎了多少暗礁、多少国际风云

那一朵民族复兴伟大梦想
正坐着呼啸而过的高铁
穿过江南的烟雨和北国茫茫的白雪

一声号角,春潮涌动
把红色图腾上的温馨
吹向遥远边疆,拂过山村的贫瘠

那载满荣耀的飞船
将东方古老的文明传遍四方
浩渺宇宙,从此平添了一份旗帜的重量

湛蓝的天空下,百花齐放
大地上万物奔流

历史铭刻着岁月的辉煌

不忘初心，砥砺前行
那右手拳头撑起的誓言和信仰
将心中的红色梦想深深镌刻进太阳的光芒

鲜艳的党旗，升起在心灵的深处
同时升起的还有，自豪的泪水
骨气与尊严，国土和江山

在你的旗帜下

杨嘉利（四川）

在你的旗帜下，青春开始了飞扬
开始了飞扬的青春，是燃烧的烈火
还是烈火中，从不曾泯灭的理想
时刻跳动在年轻的胸膛

也许，我可以忘记，忘记
苦难的过去，也忘记浴血的未来
就在今天，我站在了你的旗帜下
你的旗帜，就是我要高擎的火炬

当理想像种子一样播撒
当汗水像河流一样流淌
当辽阔的大地成为青春驰骋的沙场
当沙场上，你的旗帜成为引领希望的光芒

我知道，我已经站立在了你的号角下
只等你把雄壮的号角声吹响
那是一个民族将要振兴的誓言，也是一个民族即将腾飞的宣告
我知道，在吹响了的号角声中，我的青春和生命
已是你燃烧的火炬上，最美的闪耀

就算前进路上还有黑夜和狂风骤雨的阻挡
又有什么关系呢？因为，你的旗帜已高高飘扬

脚下，纵然还有曲折和泥泞
曲折和泥泞的道路，不是更能考验对理想的忠诚和坚贞
那是百折不挠的探索啊，探索在人类的历史上
要写下中国人新的诗篇，和中国人新的辉煌

祖国的列车

姜维彬（四川）

日新月异的祖国，跟着列车
就不会迷路，从南到北，从东到西
亲亲的祖国，黄河是它的脸庞
长江，穿上了光亮的衣裳
祖国的列车，是那样亲切
轮子不停地向前赶
我坐在车壳子里，除了抵达和接近
下一站的行程，顺次经过
轰隆轰隆的内心，鼓槌似的
催促着，几乎要大声喊出

祖国的列车，跑起来
就是一节节长城，满腔热血
径直地上了山岗
在高原上，刷亮严寒和坚冰
祖国的列车，累了，也不会歇着
一列、两列……更多的列车
会在阳光里奔跑一生

照着我的红太阳

唐国明（湖南）

照着河流照着村庄
挂在天空照着我成长

照着我上学劳作
打谷种粮
照着我走出村子
走下山岗，来到一个叫远方的远方

照着我隐居
不计辛劳，以喝粥的精神
追求完成考古复原曹雪芹文学本质的理想

照着我的鹅毛诗歌
像鹅毛一样与大风一起
在祖国的网上四处传扬

它万丈光芒，它照亮了
它能照亮的地方

它坐在天空俯瞰苍茫
它从不至高无上
以光芒的姿态低首在大地山岗

它如一匹奔跑的天马
奔跑在天空之上

它洒下金色的种子
使大地万物生长

它用光芒宣告，它每一次用光
呈现自己的梦想与希望

它没有说什么
它只发出它的光

它昼夜不息地劳作
运行在自己的轨道上

它像一个盛满五谷杂粮的圆盘
摆在天空与大地这张桌子上

它给了我们光给了我们粮仓
它时刻照耀我们
修德安和天下，思危奋发图强

三写张思德

龚学敏(四川)

在仪陇。民国的腰身,像是缺水的时间
在红苕地里喘气。秀才们一老再老
已经写不出谷娃子的谷,和张思德有黏结的
那些粮食中长出的笔画了

一只翠鸟把之前的朝代归拢在一起
鱼儿在远处,风筝是举起的拳头

在仪陇。谷子的父亲与书中的粮食没有关联
手艺,更多的时候会成为穷人脚上的草鞋
用来背井离乡。用来远离谷子
谷子的母亲,把自己的名字在一把讨来的谷子中
熬成了清汤,一碗比远离还要远的清汤

多病的茅屋,被油灯豆大的年龄撑着
时间越来越黑,像是要压塌一粒谷子发芽的念头

在仪陇。一粒叫作张思德的谷子
朝着所有谷子的向往走了
一棵叫作张思德的秧子
随着红缨枪茁壮的姿势
长成一棵参天的红旗树了……

然后,这棵叫作张思德的树,在延安
把自己烧成了炭
信天游一转弯,泰山上的字又都长成树了
……

在仪陇。我看到满田的稻谷,翠鸟在故事中飞
我在它念书的影子中,想要知道
哪一粒是一百年前出生的谷娃子